지나고 나면 아무것도 아닌 일들

지나고 나면 아무것도 아닌 일들

Marc Fisher

마크 피셔 지음

토트

신의 생각, 그것이 알고 싶은 것이다.
나머지는 지엽적인 것에 불과하다.

앨버트 아인슈타인

차례

01
모든 걸 다 갖춘 녀석이
불행하다니

어느 7월의 오후, 나는 오랜 친구인 시몬과 함께 몬트리올 생드니 가에 있는 한적한 레스토랑 테라스에 앉아 햇살을 즐기고 있었다. 시몬은 나이가 들면서 살이 약간 붙고 하루가 다르게 머리가 벗겨지고 있었지만 전혀 신경 쓰지 않았다. 그럼에도 불구하고 그는 여전히 매력적인 마흔아홉 살의 중년남성이었다.

시몬과 나는 삼총사의 세 번째 멤버인 폴을 기다리는 중이었다. 7월 10일, 그날은 폴의 생일이었다. 폴을 기다리는 시간이 길어지자 우리는 벌써 두 번째, 아니 세 번째던가, 와인잔을 비우면서 폴이 오지 않을 거라는 둥 폴은 믿을 수가 없다는 둥 '녀석들(우리 삼총사의 애칭)'은 폴에게 별로 중요하지 않다는 둥 누군가 어떤 이유로든 약속을 지키지 못할 때면 으레 끌어다 붙이는 이야기들을 떠들어댔다. 그러면서도 시몬은 정말로 폴이 오지 않으면 어쩌나 걱정하고 있었다. 폴의 생일선물로 그 유명한 '레스 폴' 전자기타를 가져왔기 때문이다. 모르긴 몰라도 꽤나 비쌀 텐데…….

폴은 힘든 시기를 보내고 있었다. 시몬은 이 선물이 폴에게 다시 음악을 시작하도록 동기부여를 해서 그가 만성적인 우울증을 떨치고 다시 삶의 기쁨을 찾을 수 있게 되길 기대하고 있었다. 폴은 천부적인 음악적 재능을 타고났고, 그를 아는 모든 사람은 그가 음악과 관련된 직업을 갖게 되리라고 믿었다. 하지만 운명은, 아니 폴의 부모님은 다른 결정을 내리셨다.

마침내 폴이 도착했다. 숨은 턱에 차 있었고 머리카락은 헝클어져 있었다. 폴은 남자치고는 긴 금발머리에 파란 눈동자를 가지고 있었다. 그의 눈동자에는 진하고 깊은 그늘이 드리워져 있어 때로는 우수에 젖은 것처럼 보이기도 했다. 젊을 때는 그 눈빛에 넘어가는 여자도 많았다. 폴은 거듭해 사과했다. 아내를 친구 집에 바래다주고, 은행에 들르고……. 변명이 이어졌다.

어쨌든 폴이 왔으니 됐다!

그런데 폴이 진짜 여기에 오기는 온 걸까? 그냥 봐도 그는 다른 생각에 사로잡혀 정신이 엉뚱한 곳에 가 있었다. 나는 폴이 또 교사라는 자기 직업에 대해 또 장광설을 늘어놓으리라 짐작했다. 폴은 교사 생활에서 많은 스트레스를 받고 있었다. 은퇴까지 얼마나 남았는지 헤아린 지도 벌써 꽤 됐다. 정년이 얼마남지 않았는데도 폴에게는 아득하게 느껴지는 모양이었다.

인생이라……. 얼마 전부터 폴은 술을 과하게 마시고 나면, 아닌 게 아니라 최근 과음이 잦아졌다, 존재의 부조리, 특히 삶의 목적에 대해 논하며 "이게 뭐야? 장난이야? 사는 게 무슨 소용이야. 어차피 바보처럼 모두 죽는다고!" 하며 떠들었다.

그것도 부족해서, 불경스럽게도, 신을 '위대한 나치'라고 비난하곤 했다. 폴은 신이 모든 일을 뒤죽박죽으로 만들고 우리에게 짓궂은 장난을 치고 있다며 "그렇게 칭송받는데 정말 머릿속에 뭐가 들었는지 보고 싶단 말이야!" 하고 비웃으며 말했다. 폴은 자기도 모르는 사이에 "신의 생각, 그것이 알고 싶은 것이다. 나머지는 지엽적인 것에 불과하다"고 했던 앨버트 아인슈타인의 말을 인용하고 있었다.

폴은 자기 생각에 사로잡혀 시몬이 테이블 옆에 세워둔 기타도 알아보지 못했다. 정성스럽게 리본 장식까지 해가지고 왔는데 말이다.

기다리다 못한 시몬이 폴에게 기타를 내밀었다.

"생일 축하한다, 돼지야!"

우리는 폴의 체중을 두고 놀려대곤 했다. 폴이 정말로 뚱뚱한 것도, 그를 당당하게 놀릴 만큼 우리가 날씬한 것도 아니었지만 말이다.

폴은 놀란 것 같았다.

"뭐야, '레스 폴'이야? 이 '녀석들'이 완전 미쳤구나!"

"우리 생각에는 레스(less) 폴이 모어(more)더라고."

내가 말장난을 했다.

"한번 튕겨봐! 마크 얘기론 그 기타가 끝내준다더라!"

시몬이 부추겼다.

내가 정말 '끝내준다!'고 했는지는 모르겠지만 비단으로 만들어진 그 기타 줄이 거부할 수 없는 유혹임에는 분명했다.

"생일 기념으로 연주 한번 해줘야지!"

시몬이 졸랐다.

눈부신 날씨에도 불구하고 테라스에는 사람이 거의 없었다. 작은 콘서트를 연다고 해도 아마추어 연주자에게 그리 민망하지 않은 공간이었다.

나에게 좋은 생각이 떠올랐다.

"비틀즈 '방갈로 빌' 기타 솔로 도입부 어때?"

비틀즈 「화이트 앨범」의 유명한 노래 '방갈로 빌의 계속되는 이야기'의 기타 솔로 도입부는 고난이도 곡이긴 하지만 예전에 폴이 멋지게 연주해 줘서 우리가 넋이 나간 적이 있었다. 천부적 재능이란 언제나 수수께끼다. 이렇다 할 재능이 없는 이들에겐 더욱더 그렇다.

폴은 "미쳤구나!"라고 중얼거리면서도 기타를 무릎에 올리고 줄을 튕겨 보았다.

"폴, 그러지 말고 제대로 좀 해봐!"

시몬이 고집을 부렸다.

"손 놓은 지 벌써 30년이야. '방갈로 빌' 솔로는 특히 더 어렵다고."

폴은 고개를 가로저으며 기타를 내려놓았다. 선물은 시몬이 기대한 만큼 폴의 마음에 들지 않은 모양이었다. 폴의 안색이 어두워졌다. 시몬은 나를 쳐다보며 눈썹을 씰룩거렸다. 그 역시 자신의 노력이 수포로 돌아갔음을 인정하는 듯했다. 어쩌랴, 의도가 좋았다고 결과까지 좋은 건 아니니까…….

잠자코 있던 폴이 갑자기 입을 열었다.

"우리가 곧 쉰 살이 된다는 거 알아?"

나이, 그것은 폴의 우울증에 대한 실마리 중 하나였다.

"한 살 더 많든 적든 달라질 게 있나?"

나는 어깨를 으쓱하며 무덤덤하게 대답했다.

그리고는 이미 전에도 했던 말을 덧붙였다.

"그리고 우리한테 선택의 여지도 없잖아? 늙지 않으면 젊어서 죽어야 한다고!"

우리는 무언가 하나를 원한다고 하면서 사실은 그 반대의 것도 동시에 원할 때가 많다. 아니, 하나를 바라지만 그로 인한 필연적인 결과는 거부한다고 하는 편이 맞겠다. 코끼리처럼 잔뜩 먹으면서도 개미허리를 유지하고 싶어 하고, 줄담배를 피우면서도 아기처럼 순수한 폐를 갖고 싶어 하며, 버는 것보다 더 많이 쓰면서 빚은 절대 안 된다고 말한다.

폴은 더 심각한 표정을 짓는 것으로 내 논리를 짓뭉갰다.

"내가 할 수 있는 유일한 일은 자크 카르티에 다리로 가서 뛰어내리는 거야."

그리고는 더할 수 없이 진지하게 이렇게 말했다.

"나는 행복하지 않아."

"마누라가 지긋지긋해", "직장에 질렸어", "휴가가 필요해", "돈이 한 푼도 없어" 이런 말은 할 수 있다. 그런데 "나는 행복하지 않아"라고 고백하는 일은 "나는 정신병이야", "내가 정신분열이래" 아니면 "내가 편집증이래"라고 말하는 것만큼 당혹스러운 일이다.

생각해 보면 그것은 '최후'의 고백이다. 인생 막바지가 되었거나 살아온 인생 전반을 되돌아볼 때 무엇이 가장 중요한가? "나는 부자였고 유명했고 여행도 많이 다니고 이런저런 기록을 경신했고 이런저런 메달을 획득했다"일까? 아니면 소박하게 "나는 40년 동안 모범사원으로 근무했고 50년 동안 한 여자와 결혼생활을 유지했다"라고 할까? 후자도 요즘 같은 세상에는 보기 힘든 일이 아닌가. 아니면 우리가 무엇을 했는지와는 관계없이 단순하게 "나는 행복했었다"라고 말하는 것이 아닐까? 아마 쑥스러워 얼굴은 살짝 붉히겠지만 그만큼 드문 성과인 것만은 분명하다.

남자들은 속이야기를 잘 터놓지 않는 만큼 시몬과 나는 더 당황했다. 한동안 침묵이 흘렀다. 시몬과 나는 침착함을 잃지 않으려고 애썼다. 무거운 분위기를 바꿔 보려고 나는 머릿속에 처음으로 떠오른 말을 꺼냈다. 그런데 그 말은 사람들이 우울한 친구를 격려하겠다고 건네지만 전혀 위로가 되지 않는 그런 말이었다.

"근데, 폴! 넌 그런 걱정하면 안 돼. 세상이 얼마나 아름답냐? 그리고 넌 한 달 전에 방학했잖아!"

지금 폴이 듣고 싶은 말은 그런 것이 아니라는 걸 잘 알고 있었으면서…….

"3주째야!"

폴이 무덤덤한 목소리로 내 말을 바로잡았다.

나는 내 이마를 쳤다. 한 달, 아니 3주째 방학을 보내고 있다는 사실이 고단한 삶을 잊게 하고 우울함을 달랠 수 있을 것처럼 말하다니……. 나는 그 말이 오히려 폴을 짜증나고 부끄럽게 만든 것 같아 걱정스러웠다.

폴도 자신이 불행하다고 여길 만한 타당한 이유가 없다는 점은 잘 알고 있었다. 또 방학은커녕 할 일이 쌓여서 매일 야근을 하는데다가 일에 치여 초죽음 상태인 사람들이 자신을 이해하지 못하리란 것도 알고 있었다.

변호사인데다가 현실적인 성격의 시몬은 폴을 나무랐다.

"폴, 과장하지 마. 불행하다니, 무슨 뚱딴지같은 소리야? 그렇게 따지면 불행하지 않은 사람이 어디 있어? 나 좀 봐라. 벌써 두 번이나 이혼했지, 두 집에 양육비를 보내야지, 열여섯 살인 딸은 한 달에 두 번씩 남자친구를 갈아치우지를 않나, 아들이란 놈은 중학교도 때려치우고 맥도날드에서 아르바이트나 하고 있어. 게다가 이번에 내가 새로 만난 여자는…… 이름이 제시카던가……?"

폴은 농담이랍시고 여기서 잠깐 말을 멈췄다 이어갔다.

"그래, 제시카 맞아. 애를 낳지 않을 거면 헤어지자고 나를 협박하고 있다고!"

제시카는 서른네 살로 귀엽게 생긴데다 대형 광고기획사에서 잘 나가는 광고기획자로 일하고 있다.

시몬이 말을 이었다.

"그것도 모자라서 동업자는 중요한 클라이언트 세 곳을 빼 나가겠대. 이유가 뭔지 알아? 우리 사무실 위치가 마음에 안 들고 회사에서 호텔 헬스클럽 회원권을 사주지 않아서 그런다는 거야. 내 상황이 이런데도 내가 언제 불평하는 거 봤어? 나는 불평 안 해. 왜냐면 나는 지금 내 친구들이랑 함께 있으니까, 삶이란 멋진 거고 여자들은 예쁘니까! 자, 저기 저 여자 좀 봐봐. 예쁘잖아?"

하늘하늘한 원피스를 입은 30대로 보이는 날씬하고 예쁜 여자가 갈색머리를 흩날리며 지나가고 있었다. 사뿐사뿐 가벼운 발걸음을 재촉하는 모습을 보니 남자친구와의 데이트에 늦은 모양이었다. 우리는 모두 고개를 돌려 그녀가 지나가는 모습을 지켜봤다. 아니 시몬과 나라고 해야겠다. 폴은 꼼짝 않고 앉은 채 테이블만 뚫어져라 내려다보고 있었다. 고개를 조금만 더 숙였다면 자기 신발을 감상하고 있다고 착각할 정도였다.

"끝내주는데!"

시몬이 말했다. 시몬은 여자를 좋아했다. 시몬이 두 번이나 이혼한 이유도 뻔했다. 그러면서도 그는 가끔 전처 두 명 모두 정신이 나간 거라고 별다른 악의 없는 주장을 펼치곤 했다. 남자들은 여자와 헤어졌거나 헤어지는 과정에 있을 때는 흔히 그렇게 말한다. 반면 여자들은 남자들이 미쳤다고 비난하기보다는 이렇게 말하겠지. 나쁜 자식이라느니, 양육비를 주지 않는 무책임한 사람이라느니, 자기의 절친한 친구가 그를 미치게 만들었다고!

시몬은 훈계를 이어갔다.

"캐나다에 사는 우리는 복 받은 거야, 폴. 미국에 있었더라면 완전히 망한 거야! 못 믿겠다면 캘커타에 가서 3일만 있어봐. 내가 작년 여름에 갔었잖아. 콜레라에 걸려 죽지만 않는다면 우울증은 마술처럼 금방 나을 거야! 자, 우리 '녀석들'과 '인생'을 위해 건배하자!"

나는 잔을 들었다. 폴도 잠시 망설이다가 잔을 들었지만 별로 내키지 않는 기색이 역력했다. 시몬이 한 말도 폴에게 별로 위로가 되지 않은 게 분명했다.

다시 내가 나섰다.

"긍정적인 면을 보려고 노력해 봐. 너는 매년 석 달씩 방학이 있잖아. 정년이 되기 전에 명퇴를 할 수도 있고. 얘들 엄마랑 헤어졌지만 아이들과는 잘 지내잖아. 아이들도 너도 다 건강하고. 또 지금 네 와이프는 젊은데다가 널 끔찍이 사랑하잖아."

"아닌 게 아니라, 왜 그런지 궁금하긴 해!"

시몬이 비꼬았다.

의도가 의심스러운 농담이라 폴도 나도 웃지 않았다. 폴이 입을 삐죽거리는 모양새가 '퍽도 재밌다'라고 말하고 싶은 것 같았다.

"너는 모든 것을 가졌잖아……."

"마크 말이 맞아."

시몬이 거들었다.

모든 것을 가지다…….

모든 사람이 칭찬받는 것을 좋아하긴 하지만 이 말의 효력이 제한적이라는 점을 잊지 말았어야 했다. 어떤 사람이 계좌에 백만 달러가 있지만 운명의 장난으로 자금이 동결됐고 그 사람은 이를 해결할 실마리가 없다고 하자. 이 사람은 아마 무일푼인 사람보다 더 좌절하고 실망했을 것이다. 그런 사람에게 "너는 은행에 백만 달러나 있으면서 뭐가 불만이야?"라고 말하는 것과 비슷하다.

또 꿈에서, 아니 더 정확하게 말하자면 악몽에서 눈앞에 있는 커피를 마시는 것처럼 간단한 일을 하고 싶은데 보이지 않는 힘에 의해 손을 움직일 수 없는 상황과도 비슷하다.

호메로스가 정확했다.

"우리는 모든 것에 싫증낸다. 단 이해하는 것만 제외하고."

반대로 우리에게 닥친 일을 이해하기는커녕 제대로 파악조차 하지 못한 상태에서 다른 사람에게 "왜? 뭐가 걱정이야? 인생은 아름다운 거야, 안 그래?"라는 이야기를 듣는 것이 얼마나 피곤하고 짜증스러운 일이겠는가. 그 사람이 궁금한 것도 바로 그 점일 것이다. 겉으로는 모든 것을 다 가졌고 인생은 아름다운데 왜 이다지도 즐겁지 않은가!

우리가 시도한 식상한 심리 상담이 폴에게 아무 도움이 되지 않자 우리는 시몬이 최근에 산 멋진 포르쉐 911, 갈 수 있을지 없을지 알 수 없는 휴가계획, 내 소설의 지나치게 더딘 진행상황 등 다시 일상적인 대화로 돌아왔다.

식사가 나왔다. 양지머리 스테이크를 시킨 폴은 한 입 먹더니 더 이상 손을 대지 않았다. 내가 물었다.

"잘못 익혔어?"

"아니, 완벽해. 근데 배가 별로 안 고프네. 나는……."

폴은 말을 끊더니 아까 금세 내려놓았던 '레스 폴'을 다시 집어 들었다. 이번에는 폴이 진짜 선물에 관심이 생긴 것 같아서 시몬과 나는 아무 말도 하지 않았다. 우리는 서로 눈빛을 교환했다.

화창한 날씨에도 불구하고 테라스에는 아직도 사람이 별로 없었다. 폴의 연주를 듣기는 글렀다고 생각하고 있었는데 불행한 우리 친구 폴은 「화이트 앨범」에 실린 다른 곡인 '블랙버드'의 길고 아름다운 전주를 연주하기 시작했다. '방갈로 빌'만큼은 아니더라도 여전히 어느 정도의 재능이 필요한 곡이다. 폴은 마치 어제 연습이라도 한 사람처럼 멋진 연주를 해보였다. 그는 조금도 주저하지 않았고 한 음도 틀리지 않았다. 전자기타인데다가 앰프에도 연결하지 않은 상태였지만 폴의 연주는 탁월하고 경이로웠다. 폴이 아주 엷은 미소를 띠고 노래를 시작하자 더욱 멋있어졌다. 폴이 아주 엷은 미소라도 띤 것은 환골탈태에 가까운 엄청난 진전이었다.

고요한 밤에 지저귀는 블랙버드
부러진 날개로 나는 법을 배워라
너의 일생 동안
너는 이 순간이 오기만을 기다려 왔다
너는 이 순간이 오기만을 기다려 왔다
블랙버드야 날아라
칠흑같이 어두운 밤을 가르는 한줄기 저 빛을 향해

그리고 다시 아름다운 간주가 이어졌다.

날개가 부러진 '블랙버드'는 바로 폴이었고, 그가 이 곡을 고른 것은 우연도 아니요, 청소년기에 이 곡을 특히 좋아하고 열심히 연주했기 때문만도 아니었다.

음악에는 세월을 뛰어넘게 하는 타임머신 같은 마법이 있다. '블랙버드'는 바로 내 자신이기도 했다!

나는 문득 청소년 시절로 돌아갔다. 그때는 모든 게 훨씬 쉬웠고 훨씬 간단했고 별것 아닌 일로 고민했다. 결혼이나 이혼도 하지 않았고, 말썽쟁이 자식들도 없었고, 절반의 성공이자 절반의 실패인 엉성한 커

리어도 없었고, 주위에 우울해하거나 아픈 사람이 이렇게 많지도 않았다. 이는 한 살 한 살 나이를 먹으면서 마주하게 되는 운명이다. 이 운명을 피하는 길은 남들보다 먼저 죽는 것뿐이다!

'블랙버드'는 시몬이기도 했다. 냉정하고 합리적인 시몬이지만 향수에 젖은 눈빛을 보니 그 역시 폴과 함께 '블랙버드'를 즐겨 듣던 시절로 돌아가 있는 게 분명했다.

폴의 노래가 2절로 이어졌다. 이번에는 시몬과 나도 함께 했다. 우리가 함께 노래를 부르다니, 기대 이상으로 멋진 생일파티였다. 적어도 몇 분 동안은 그랬다. 우리는 예전의 그 삼총사였고 그 '녀석들'이었다.

모두 함께 예전 그때로 돌아갔다. '블랙버드'의 마법 덕분에……

폴은 악보도 없이 무척 쉽게 그러면서도 뛰어난 기교로 끝까지 연주를 했다. 아득하고 행복하고 순수했던 청소년 시절을 회상하는 일에 감정이 격해졌는지 그는 갑자기 울음을 터뜨렸다. 그리고는 황급히 '레스폴'을 내려놓고 서둘러 자리를 떴다.

02
인생이라는 이름의
위대한 세공사

남자가 공공장소에서 그것도 친구인 '녀석들' 앞에서 우는 것은 해서는 안 될 일이다. 그것은 나약한 심리상태와 불행을 드러낼 뿐만 아니라 자신의 인생이 실패했다고 인정하는 일이다.

나는 폴을 잡으러 일어나려 했지만 시몬이 말렸다.

"내버려둬. 혼자 있고 싶을 거야."

나는 속으로 '지금 상태로 혼자 있으면 더 안 좋을 텐데' 하는 생각을 했다.

시몬이 덧붙였다.

"내 동생이 처방해 준 프로작(우울증 치료제)도 안 먹는 것 같아."

폴은 아마 프로작을 먹는다는 사실이 부끄러웠을 것이다. 프로작을 먹는다는 것은 '나는 불안하고 항우울제 없이는 지금 이 상황을 벗어날 수 없을 만큼 나약한 사람'이라고 인정하는 셈이니까. 내가 프로작에 대해서 이렇게 생각하는 이유는 아마도 내가 우울하지 않고, 항우울제를 먹어야 한다는 생각만으로도 거부감이 들기 때문이리라.

하지만 나는 약에 대해 거부감을 갖는 사람은 아니다. 목이 조금이라도 따끔거린다 싶으면 감기에 걸리기 전에 약을 챙겨 먹는 스타일이다. 나는 통증이라면 질색할 뿐만 아니라 아플 시간도 없으니까.

집에 돌아온 뒤에도 기분이 영 살아나질 않았다. 아니, 정확하게 말하자면 내 자신에게 실망했다. 죄책감이 느껴졌다. 절친한 내 친구가 부끄러움을 무릅쓰고 자신이 행복하지 않다고 속을 털어놓았는데 나는 고작 한다는 소리가 '한 달째 휴가를 보내고 있잖아, 괜찮아질 거야, 걱정할 거 없어' 어쩌고저쩌고라니……

그날 저녁 나는 혼자였다. 아내는 우리 딸 줄리아를 데리고 시골로 일주일간 여행을 떠나고 없었다.

사람은 누구나 일정한 나이가 되면, 많은 곡절을 겪은 경우에는 좀 더 일찍 찾아오기도 하지만 대부분 50줄에 가까워질 때쯤, 한 번 정도는 꼭 삶의 의미에 대해 의문을 품게 된다. 자신이 인정하든 인정하지 않든, 그 탐색의 과정이자 절망의 시기에 어떤 이름을 붙이든지 말이다.

그때 문득 '폴에게 내가 했어야 하는 이야기, 위로가 될 만한 이야기를 담은 편지를 써보면 어떨까?' 하는 생각이 들었다.

행복에 관한 긴 편지, 성 바오로 사도가 에페소스 사람들에게 보내는 편지가 아니라 소위 모든 것을 다 가졌지만 (그럼에도 불구하고, 아니, 그래서 더 심각한 문제인) 영혼이 병든 내 오랜 친구 폴에게 사도 서한을 보내는 것이다.

어떻게 시작하면 좋을까? 내가 좀 더 도움이 될 수 있다는 생각이 들 때까지, 내가 할 수 있는 한 조금이라도 행복과 빛을 가져다 줄 수 있을 때까지 기다려야 할까? 나는 알량한 자존심 때문에 어떻게 털어놓아야 할지 몰랐던 이야기를 털어놓을 수도 있겠지.

우리가 열일곱 살인가 열여덟 살 때 폴이 고민 상담을 하려고 종종 내게 전화를 걸었던 일이 떠오른다. 한창 감수성이 예민할 그 시기에 고민거리들은 당연히 사랑, 연애 문제였다. 그나마 괜찮은 날에는 폴이 나를 보러 왔다.

어느 날인가 폴이 내게 이렇게 말했다.

"너랑 같이 있기만 해도 좀 차분해지는 거 같아!"

이유는 잘 모르겠지만 내게는 사람들을 편안하게 만드는 무언가가 있었다. 아버지도 나에 대해 이야기하실 때면 늘 "차분한 아이"라고 표현하곤 하셨다. 내 그런 면이 전염성이 있고 또 치유의 효과도 있는지는 몰랐다.

지금 내가 폴에게 쓰려는 편지가 우리가 어릴 때 전화로 나누던 대화나 내가 폴을 위로하려고 이런저런 말을 동원했던 '연애상담'과 같은 역할을 할 수 있을지도 모른다. 내가 제대로 쓰기만 한다면, 내가 분명하고 설득력 있게 말을 잘 한다면 폴이 생각을 바꿔 다른 관점으로 인생을 바라보고 백사장의 바늘만큼이나마 작은 희망을 품을 수 있게 되지 않을까?

나는 컴퓨터를 켰다. 내 친구 폴에게 이메일로 보낸 편지는 이렇게 시작된다.

우선 단순하게 살아 있다는 사실이 얼마나 놀라운 일인지 생각해 보자. 그래, 살아 있다는 것, 지금 이 곳에, 지금 이 순간에…….

정신이 있다는 것이 얼마나 축복받은 일인지, 그래서, 적어도 제대로 사용한다면, 사고하고 숙고하고 말을 하고 의견을 교환하고 사랑할 수 있으니까. 눈이 있어 정상적인 삶을 살 수 있고 세상을 마주하여 주시하고 네 아내의 얼굴을 그윽하게 바라보고 책을 읽고 영화를 보고 명화나 멋진 석양, 순수한 어린아이를 보며 감동을 받을 수 있다는 점을 생각해 봐.

자유로운 나라에서 태어나 가고 싶은 곳을 마음대로 갈 수 있는 행운을 생각해 봐. 그래, 나도 알아. 모든 사람들이 정부를 비판하지. 그래도 비판을 마음대로 할 수 있는 나라에서 사는 것도 특권 아니겠어? 사람들이 다른 나라를 여행하면서 21세기에도 자행되고 있는 끔찍한 일을 보게 된다면 정치인에 대한 비난은 좀 줄어들지도 몰라.

네가 직업을 갖고 생계를 유지할 수 있는 것도 운이 좋은 거야. 그래, 네가 네 일을 좋아하지 않는다는 거 알아. 그 이야기는 나중에 다시 하자.

아침에 눈을 뜨고 침대에서 일어나 그저 걸을 수 있는 것만 해도 큰 행운이야. 걷는다……. 그저 앞으로 나아가는 것, 너의 다리와 발로 여기서 저기로 갈 수 있는 것. 친구를 만나러 가거나 세상을 발견하러 떠날 수 있고, 그렇지 않더라도 근처 식료품 가게에 갈 수도 있잖아.

사소한 일을 지나치게 과장한다고 반박할 수도 있겠지. 하지만 어릴 때 류머티즘열로 수차례 침대에만 누워 있어야 했던 나는 걸을 수 있고, 숲길로 또 해변으로 산책을 갈 수도 있고, 도시 속 꼬불꼬불한 골목길을 거닐고, 몽 루아얄 산을 오르고, 또 이건 어때? 베네치아에 있는 수많은 성당을 찾아다니고 샹젤리제 거리를 거슬러 올라가는 일이 그리 평범하지만은 않은 일이라고 자신 있게 말할 수 있어.

그래, 사소한 즐거움이지. 그렇지만 이 사소한 즐거움을 몇 번이나 박탈당했던 나는 아직도 이런 것들이 좋아. 내 두 다리와 내 정신의 움직임을 좋아한다고 해야겠구나!

나는 전진하는 것이 좋아. 말 그대로든 비유적 의미든 말이지. 최소한 앞으로 나아가고 있다는 느낌이 좋아. 그래서 열여섯 살 때부터 한 주도 빠짐없이, 그래 단 한 주도 빠짐없이 경보를 하는 건지도 몰라!

나는 그때마다 경보를 할 수 없었던 시절이 떠올라. 그러면 얼마나 기쁨이 충만하고 감사한 마음이 드는지 몰라. 차갑거나 따스하고 신선한 공기가 허파 가득히 들어오고, 심장은 더 빠르게 뛰지. 상기된 내 뺨에 바람이 닿거나 때로는 빗물이 떨어지기도 해. 난 비가 오나 눈이 오나 걷거든. 달릴 때면 나한테 날개가 생긴 것 같고 날 수도 있을 것 같아. 마비가 될 때까지 날아 보는 거지. 내가 새파랗게 젊었을 때 이미 한 번 닥쳤고 언젠가 죽음의 신이 곧 올 것을 알리며 찾아올 마비 말이야. **청구서나 납세고지서처럼 노년은 너무나도 빨리 찾아오는구나!**

인생의 숨겨진 경이로움, 잘 드러나지도 않는데다 때로는 아무 것도 아닌 것 같고 거의 '보이지 않지만' 매일 접할 수 있는 소소한 즐거움을 생각해 보자. 모닝커피 향기, 노릇노릇 잘 구워진 베이컨 냄새. 가끔은 양파나 마늘 냄새도 섞이겠지. 너를 위한 맛있는 음식이 조리되고 있을 테니까. 그 음식은 너를 진심으로 사랑하는 사람이 만든 애정 어린 작지만 큰, 아니, 커다란 선물이야.

내일 있을 지루한 미팅이나 누군가 네게 보내주기로 약속한 수표 대신 우편함에 가득 들어 있는 고지서를 걱정하지 말고 더운 여름날 들이킨 맥주 한 모금을 떠올려 봐. 바로 전 필드에서 버디 두 개를 기록했다고 한다면 금상첨화겠지.

사랑하는 내 친구야!

꿈에 그리던 테라스에서 마시는 완벽한 빛깔의 샤르도네 와인을 생각해 봐. 이건 명령이야. 타협의 여지가 없어. 나는 메르 솔레이 샤르도네라면 사족을 못 쓰잖냐! 좀 비싸기는 하지만 네가 마음의 여유가 있다면 괜찮은 와인이야. 어떤 사람은 '너무 우디하다'고 평가하겠지만 잘 숙성된 황금빛 와인이 우리를 어린 시절 뛰놀던 황금빛 보리밭으로 인도할지도 몰라.

지나가는 미인의 입가에 어린 미소를 떠올려 봐. 아니면 그 매끈한 다리라도. 하긴 너는 네 아내밖에 모르겠지만……. 소피 같은 여자를 만나다니! 넌 정말 운 좋은 줄 알아야 해!

포커판에서 네가 바라긴 했지만 기대하진 않았던 카드가 나왔을 때를 생각해 봐. 그래도 포커페이스는 잃지 말고!

지난 번 바캉스에서 입었던 반바지 주머니에서 우연히 구깃구깃한 20달러짜리 지폐를 찾았다고 생각해 봐. 20달러짜리 지폐 하나로 갑자기 얼마나 부자가 된 것 같고 세상을 정복할 수 있을 것 같은 기분이 들지. 늘 그렇게 생각할 수만 있다면 얼마나 좋을까만 또 얼마나 쉽게 잊어버리는지!

영화 「카사블랑카」에서 험프리 보가트가 잉그리드 버그만에게 "파리에서의 추억이 있잖아"라고 말하는 장면이나 공항에서 르노 대위에게 "루이, 이제 멋진 우정이 시작된 것 같군"이라고 말하는 장면을 생각해 봐. 영화 「맨하탄」에서 마차를 타고 산책하는 장면과 조지 거슈윈의 '랩소디 인 블루'를 떠올려 봐. 그리고 네 인생이 모두 거기에 달려 있는 것처럼 바흐의 '인간 소망의 기쁨 되시는 주'를 듣고 또 들어봐. 아니면 '푸가의 기법'에 빠져 주제가 펼쳐 보이는 마법양탄자를 타고 모든 것이 신비하고 아름다운 세상으로 떠나 봐.

앨버트 코엔이 쓴 『내 어머니의 책』을 읽고 또 읽어 스무 번쯤 읽어 봐. 그리고 나서 나이든 어머니의 따스한 손길을 떠올리고 어릴 때 어머니와 함께 정원을 가꾸던 일을 추억해 봐. 나도 어머니랑 종종 정원을 가꿨어. 어머니는 토마토 싹이 나게 하는 기술을 가르쳐 주셨지. 사람들은 별로 중요하게 생각하지 않는 기술이지만 말이야. 계산을 한번 해봐. **이렇게 아무 것도 아닌 따뜻한 추억이 모여 모든 것이 되지.** 우리에게 남은 전부이자 우리에게 남은 가장 소중한 그 무엇 말이야!

폴! 과묵하셨지만 언제나 널 아끼고 미소를 잃지 않으셨던 아버지의 지혜로운 조언을 생각해 봐. 표현을 많이 하지 않는 아버지로서는 그것이 "난 언제나 널 자랑스럽게 생각한단다"라고 전하는 유일한 방법이셨을 테니 말이야.

기분 나쁜 소식이나 네가 겪어야만 했고 앞으로도 겪게 될 시련들은 생각하지 마. 그 대신 네 아이가 해맑게 장난치고 "아빠, 사랑해!"라고 외치며 도망가던 모습을 떠올려 봐. 너는 아이가 눈물을 보지 못하도록 고개를 돌리겠지. 너는 그것이 인생에서 얼마나 소중한 선물인지 잘 알 테니까…….

살면서 가장 힘들었던 시절도 생각해 봐. 하늘이 무너질 것 같고, 주위에 있는 모든 사람이 너를 괴롭히는 것 같고, 더 이상 아무것도 할 수 없을 만큼 절망적이고 빚투성이에 실제든 가상이든 책임감의 무게에 짓눌릴 때, 그러니까 네게 닥친 모든 일이 너를 화나게 만들고 진을 빼놓을 때 말이야. 사실 그런 것도 다 축복이야. 역설적이지만 진짜라고!

왜냐고? 왜냐면 이 세상에서, 모든 시대를 통틀어 바로 너, 너 혼자만이 그 경험을 할 수 있고, 그로 인한 감정을 느낄 수 있고, 여기서 교훈을 얻어 가치를 매길 수 없는 자산인 지혜를 키워나갈 수 있기 때문이지. 네가 실패라고 생각해서 크게 낙심했던 일이 종종 나중에 생각해 보면 너에게 찾아온 가장 좋은 일이었던 경험이 있잖아!

너도 알겠지만, 아니면 네 영혼은 이미 알고 있듯이 네 안의 진정한 보석을 드러나게 하기 위해서 인생이라는 위대한 세공사는 가끔 신비로운 방법으로, 또 가끔은 불쾌한 시련을 통해 너를 다듬어 주지.

너는 이런 생각을 할 여유가 없어서 이 모든 인생의 아름다움에 대해 알아채지 못했을 수도 있어. 하지만 언젠가 우리를 얽매는 의무라고 여긴 것들을 제대로 바라보면 웃음이 날 거야. 우리를 가둔 감옥은 가짜거든. 우리가 만들어 놓고 바보 같이 경비원 노릇을 한 거지. 그 사실을 깨닫는 날이 가능한 한 빨리 찾아왔으면 좋겠다.

그래, 잊고 있던 자유라는 소중한 돋보기를 통해 우리가 평소 입에 달고 사는 "~해야 해", "~할 시간이 없어", "어쩔 수 없어"라는 말들을 살펴보다 보면 갑자기 정신이 들어 세계와 사회, 방금 전 해고된 감옥 경비원을 비웃을 수 있지 않을까? 그러면 모든 것을 내려놓고 혼자서, 아니 사랑하는 사람과 함께 길을 떠나는 게 어때? 실제건 낭만적인 상상의 산물이건 알 수 없는 어딘가로 떠나는 거야.

그래, 폴! 모험을 떠나! 너만의 로드무비를 찍는 거야. 정확히 어디로 갈지 알 수 없지만 경이로운 미지의 세계로 떠나는 거야. 네가 아는 것은 차를 몰고 떠난다는 것뿐이야. 새 차건 낡은 차건 무슨 상관이야! 어디로 갈지 알 수 없고 게다가 언제 돌아올지도 알 수 없다는 게 더 매

혹적이잖아.

아무 걱정도 하지 말고 떠나. 더 이상 아무런 생각도 하지 말고 그저 즐기고 순간순간을 제대로 살겠다는 걱정만 해. 얼마나 멋진 걱정이야! 다른 걱정 따윈 하지 않을 수 있잖아. 인생에 대해 생각하지 않으면, 아니 **쓸데없는 생각을 하지 않으면 인생이 얼마나 신비로운데**……. 행복하지 않고 활력도 없는 사람들이 "인생이 그렇지, 뭐! 우리가 할 수 있는 거라곤 아무것도 없다고! 꿈은 꿔서 뭐해!"라고 쉽게 지껄이는 것처럼 쓸데없는 생각만 하지 않으면 말이야.

인생에 숨겨진 아름다움이 얼마나 많은지 아니? 우리가 그것을 볼 수 없는 것은 '그곳에 없기' 때문이야. 사람들은 대부분 거의 모든 시간 동안 다른 데 있지. 야심 속에, 고통 속에, 청구서 더미 속에, 촉각을 예민하게 곤두세운 채 말이야.

우리는 우리의 내면도 들여다보지 못해. 다른 사람들은 더욱 살피지 못하지. 다른 사람 말을 귀담아 듣기는커녕 제대로 듣지도 않아. 서로가 서로에게 투명인간인 거지.

폴, 웰즈의 소설『투명인간』기억하니? 아마 텔레비전에서 하던 드라마는 기억날 거야. 우리가 생모리스 학교에 다닐 때 수업이 끝나고 집에 와서 자주 봤으니까. 투명인간……. 괜찮은 학자였던 주인공이 실험이 실패해서 안타깝게도 투명인간이 되고 말아. 그는 영국비밀정보국에서 임무를 수행하면서도 다시 원래 상태로 돌아가기 위해 애쓰지. 하지만 그건 쉽지 않은 일이었어!

그는 미라처럼 붕대로 얼굴을 감싸고 큼지막한 선글라스와 모자를 쓰고 장갑을 끼어 자신을 감추지. 그가 자신을 감싼 모든 것을 벗어버릴 때 우리는 긴장감에 몸을 떨었지. 이제 곧 사건이 시작될 테니까.

우리도 그 투명인간을 닮은 면이 있어. 다른 사람들 앞에서는 붕대를 감으니까 그들은 우리의 진짜 모습을 거의 보지 못해. 우리는 스스로를 몬스터(라틴어 어원을 찾아보니 '보여주다'에서 나왔다는군!)라고 여겨서 본모습을 드러내지 않아. 다른 사람들도 마찬가지지. 그래서 인생은 가면무도회, 아니 붕대무도회가 되는 거지. 이 사회가 우리에게 강요한 붕대 말이야. 그 붕대를 제대로 감으면 성품이 좋다, 매너가 있다, 사회적 지위가 높다고 하고, 진지한 사람, 결국 좋은 배우자감이라고 하지.

우리는 진실한 우리의 얼굴을 보여주지 않고, 무엇보다 사물이 지닌 경이로운 아름다움을 보지 못해. 우리가 눈을 조금만 더 크게 뜬다면, 주위를 둘러볼 수 있을 만큼 조금이나마 안정을 되찾는다면 우리는 미(美)의 박물관을 세울 수 있을 텐데 말이야. 그런데도 우리는 습관적으로 추(醜)의 박물관만 만들고 있지. 언제인지 기억나지도 않는 오래 전부터 밴 나쁜 습관 때문에 불만이나 걱정, 분노를 쌓아 두는 게 훨씬 쉽거든. 거기다가 다른 사람의 것까지 다 끌어 모으지. 신문이며 텔레비전이며 불평불만 천지잖아. 어릴 때는 예쁜 말만 하던 앵두 같은 입술들이 어쩌다 이렇게 불평불만만 늘어놓으며 우중충하게 변했는지…….

물론 인생의 숨겨진 아름다움이 쉽게 발견할 수 있는 것은 아니야. 우리는 언제 유럽에 다시 올지 모르니 투자한 돈이 아깝지 않게 돌아다

녀야 한다는 일념으로 열흘에 유럽 5개국, 심하게는 닷새 동안 10개국을 둘러보는 여행자들처럼 살고 있으니까.

더 나쁜 일은 신경질적이거나 좌절한 부모들이 자기 아이들의 행복한 모습도 보지 못하고, 그 아이들에게서 행복해지고 싶다는 소망조차 앗아가 버리는 거야. 이렇게 불행은 세대를 넘어 대물림되지. 눈동자나 머리카락 색처럼 말이야. 맙소사, 가난도 그렇더라고! 이것은 세상에서 가장 큰 부조리야. 난해한 사상가들이 주장하는 것처럼 우리가 부모를 선택하지 않는 한 해결될 수 없는 문제지. 사악한 부모들을 통해서도 하나 배울 게 있어. 우리 출신이 소박할수록 우리가 이룬 성과는 더 감탄할 만한 일이 될 거라는 점이야.

03
지혜라는 꽃삽을 든
세심한 정원사

인생은 정원이고 우리는 자신의 행복이나 불행을 가꾸는 정원사야.

독창적인 비유는 아니지만 사실이야, 폴! 그리고 소중한 희망을 갖게 하는 말이지. 돌려보면 인생은 우리가 어떻게 만드느냐에 따라 달라진다는 거니까 결국 우리는 자기 인생을 변화시킬 수 있다는 말이 되잖아? 우리가 단순히 운명과 우연의 희생양은 아니라고!

우리는 우리 인생을 바꿀 수도, 개선할 수도, 기적을 만들 수도 있어. 물론 다 망쳐버릴 수도 있지(맙소사!).

정원을 버려두면 잡초가 무성해져. 아무런 신경을 쓰지 않아도 잡초는 얼마나 잘 자라는지……. 어두운 생각도 마찬가지야. 조금만 여지를 주면 정원 전체를 다 차지하고는 아름답고 유용한 것들을 다 시들게 만들지. 그렇게 되면 이젠 정원이 아니라 버려진 땅이 되는 거지!

인생도 마찬가지야. 우리는 우리가 생각하는 것 이상으로, 아주 사소한 부분까지 자신의 행복에 책임이 있어. 우리가 적합한 방식으로, 다시 말해 사유, 그래, 사유, 논리적으로 볼 때 사유라는 방식으로만 우리는 언젠가 멋진 정원을 갖게 될 거야.

단지 약간의 참을성만 있으면 돼. 초반에는 많이 힘들겠지만, 우리가 행복을 향해 가는 위대한 여정을 방해하려고 호시탐탐 노리는 실망감을 이겨내기만 한다면 시간은 언제나 우리 편이야. 왜냐하면 천상에도 회계장부가 있거든. 난 그렇다고 굳게 믿고 있어. 우리가 살면서 행동하고 생각하고 말한 모든 것을 되짚어 보고, 먼 과거를 가리고 있는 베일도 들춰 살펴본다면, 그러니까 아주 오래되고 아주 비밀스러운 생각과 말과 행동이 지닌 진정한 영향력을 자세히 헤아려 본다면 그 회계장부가 얼마나 정확한지 알 수 있을 거야. 그리고 겁이 나겠지. 아니면 웃을 수도 있어. 왜냐하면 이해할 테니까. 우리는 이해하면 언제나 웃을 수 있거든!

볼테르는 『캉디드』를 통해 말했지.

"우리는 우리의 정원을 가꿔야 한다."

하지만 그러려면, 예를 들어 네가 나처럼 장미원을 갖고 있다면 장미를 진심으로 사랑해야 해. 그래, 단순히 말이나 순수한 의도만으로 표출되는 사랑이 아니야. 관심을 가지고 보살피며 시간을 들여 관련된 지식을 섭렵하고 무엇보다 노력을 해야지. 그래 많은 노력이 필요해!

그런데 성공을 위해서는 필수적인 조건이 하나 있어. 장미를 말이지…… 양질의 땅에 심어야 해. 그러지 않으면 시간만 버리게 될 거야. 모두가 미쳤다고 손가락질하며 네 선택을 비난할지라도 너에게 동기를 부여하고 활기를 주고 살아 있다고 느끼게 만드는 일이 있잖아? 바로 그런 일을 포기하고 꿈을 접는다면 그야말로 시간낭비인 거지.

그리고 또 장미는 말이지……. 하루에 일고여덟 시간 동안 햇빛을 받아야 해. 안 그러면 시들거나 성장하지 못하고 병약해질 거야. 원래 자랄 수 있는 만큼도 크지 못할 거라고. 일에 있어서 충분한 햇빛은 너의 에너지이자 헌신, 열의, 호기심, 열정이야. 아무리 쏟아 부어도 지나치지 않아. 오히려 부족하면 모든 것이 황폐해지고 볼품없는 상태로 남을 거야.

장미가 제대로 피려면 높은 울타리가 있으면 안 돼. 또 큰 나무가 그늘을 만든 곳에서는 꽃을 피울 수 없어. 장미는 도도하게 독자적으로 키워야 해. 건강한 개인주의라고 표현하고 싶어.

우리가 자주 잊어버리긴 하지만 사람도 마찬가지야. 사람도 꿈을 피울 자신만의 공간이 필요해. 그건 권리이긴 하지만 우리가 주장해야 찾을 수 있어. 소유욕이 강한 어머니로부터, 폭군 같은 아버지로부터, 질투심이 많거나 자신감이 부족한 배우자로부터 손발톱을 세워 지켜내야 하는 권리야. 그러지 않으면 우리는 쪼그라들고 숨이 막혀 삶의 주인이 되지 못한다고. 우리는 자기 삶의 주인이 될 수 있고 또 그래야만 하는데 말이지!

인생에서 기생충 같은 존재는 겉으로만 친구인 척하고 정신적으로 나쁜 영향을 주는 사람들이야. 일마다 초를 치는 사람, 질투가 많거나 언제나 욕구 불만인 사람들도 마찬가지야. 그런 사람들은 성공했거나 성공할 수 있는 사람들을 자기들처럼 만들려고 하지. 자기가 실패했기 때문에 다른 사람들이 잘되는 꼴을 못 보는 거야!

그리 쉬운 일이 아닌 것 같으면서도 엄청나게 쉬운 일이야. 행복을 가꾸는 정원사로서 지혜라는 꽃삽을 들기만 한다면, 또 자신을 가다듬을 준비만 됐다면 말이지.

폴! 이제 내 편지가 왜 이렇게 길어졌는지 알겠지? 네가 이 편지를 읽으면서 기분이 나아지고, 조금이나마 삶의 기쁨을 되찾고, 전에는 미처 알지 못했던 이유로 행복해지길 바란다. 그건 중요한 일이야. 정말 중대한 일이라고. **난 행복하지 않은 날은 잃어버린 날이라고 생각해!**

물론 우리는 불행을 통해서도 배우는 게 있어. 불행에는 교훈이 많거든. 그래도 나는 어떤 사람이 이틀에 하루만 행복했고 여든 살까지 살았다고 한다면 그 사람은 실제로 마흔 살까지 산 거나 마찬가지라고 생각해. 사람들이 장수에 집착하는 걸 보면 그런 식으로 인생을 단축시키는 건 정말 안타까운 일이지.

폴, 너는 이 편지를 읽고 싶지 않을지도 몰라. 아니면 네가 하고 싶은 마지막 일일지도 모르지. 넌 '아무것도 하고 싶지 않다'고 했으니까 그저 술을 마시고 눕고 싶겠지. 누워서 자고 싶겠지. 자다가 죽고 싶겠지. 하지만 여자가 이별을 통보하면 "한 번만 더 기회를 줘" 하며 매달릴 때도 있잖아. 네 자신에게 한 번 더 기회를 줘보는 건 어떨까? 그럴 만한 가치는 있잖아, 안 그래?

『방법서설』에서 데카르트는 '임시 도덕 격률'을 선택하겠다고 했어. '아직 무엇이 최선인지 모를 때 따르는 불완전한 도덕' 말이야. 네 도덕 격률이 너를 행복으로 인도하지 못하는 것이 분명하니까 한 번만이라도 내 방식을 따른다고 손해 볼 게 있겠어?

우선 어릴 때 재밌게 읽은 모험기에 나오는 로빈슨 크루소처럼 생각해 봤으면 좋겠어. 로빈슨 크루소가 보여준 훌륭한 삶에 대한 철학을 따르다 보면 어느 순간 문득 네 운명에 감탄하고 삶이 네게 가져다 준 것들에 대해 깊이 감사하게 될지도 모르잖아!

04
모든 절망은
위안을 동반한다

『로빈슨 크루소』에서 다니엘 디포는 주인공이 무인도에 도착한 지 얼마 되지 않아 보여준 그의 심리상태를 담았지. 1695년 9월 30일에 쓴일기 첫 문단을 봐봐!

나, 로빈슨 크루소는 끔찍한 태풍 속에 난파당했다. 내 스스로가 딱하고 절망적이다. 다른 선원들은 모두 익사했고 나도 거의 죽다 살아나서 이 무인도에 도착했다. 나는 이 섬을 절망의 섬이라고 부르기로 했다.

절망의 섬……. 폴, 네가 요즘 내게 하는 넋두리를 한마디로 요약한다면, 절망의 섬, 이보다 더 좋은 표현이 있을까? 그리고 이 시대를 사는 다른 많은 사람들의 삶도 바로 이 단어로 설명할 수 있지 않을까?
절망의 섬…….

로빈슨 크루소의 이야기를 다시 들어보자.

나는 내가 처한 절박한 상황에 절망했다. 음식이나 거처, 옷은 물론이고
나를 보호할 수단이나 몸을 피할 곳, 언젠가 구조되리라는 희망도 없었
다. 나는 죽음 말고는 다른 탈출구를 떠올릴 수 없었다(폴, 네가 자크 카르
티에 다리를 언급했던 것처럼 말이지!). 동물들한테 잡아먹히거나…….

여기서 잠깐! 로빈슨 크루소랑 너랑 닮은 점이 또 있어, 친구야. 네
가 사는 섬에서 너를 잡아먹으려는 동물들은 네 동료나 네가 가르치는
학생들이겠지.

아니면 야만인들에게 살해당하겠지(야만인들은 너한테 청구서나 독촉장을
보내는 빚쟁이들이겠고). 그것도 아니면 굶어죽든지. 바다안개가 짙어졌
다. 어디선가 맹수가 튀어나올까 두려워 나무 위로 올라갔다. 비가 내렸
지만 아주 깊이 잠들었다.

다음날, 그러니까 10월 1일에 쓴 일기에는 한줄기 희망의 빛이 보여.
인생에서 엄청난 절망을 겪고 나면 경이로운 반전이 찾아오는 일이 종
종 있잖아. 우리가 폭풍을 잘 견디기만 한다면 말이야.

다음 날 아침 눈을 떠보니 놀라운 일이 있었다. 밤새 배가 밀물에 뭍으로 가까이 떠밀려 온 것이다. 내겐 큰 위로가 됐다.

다른 문단에는 운명이 그에게 만들어 준 이 독특한 상황에 대해 뜻밖의 비교표를 만드는 내용이 있어.

지금 상황을 곰곰이 생각하다 보니 문득 비교표를 작성해 봐야겠다는 생각이 들었다. 이 기록을 통해 내 후손에게 무인도에서 살 때 당면하는 과제를 알려주고 싶어서가 아니라 나를 괴롭히고 무너지게 만들지도 모르는 잡념에서 벗어나고 싶어서다. 좋은 점과 나쁜 점을 적어 내려가면서 내 운명이 최악은 아니라고 믿고 싶었다. 내게 닥친 축복과 고통을 마이너스와 플러스로 솔직하게 평가했다.

나쁜 점	좋은 점
무인도에 떨어졌고 언제 구조될지 모른다.	하지만 살아 있다. 물에 빠져 죽지 않았다.
불행하게도 세상과 동떨어졌다.	하지만 다행히 다른 선원들과도 이별했다. 그 덕분에 목숨을 구했다.
외딴 곳에 있다.	하지만 굶어 죽지 않았다.
걸칠 옷이 하나도 없다.	하지만 이곳 날씨가 꽤나 더워서 옷이 있더라도 벗고 있었을 것 같다.
무방비 상태다.	하지만 이 섬에서 맹수를 보지 못했다.
말할 사람이 없다.	하지만 신의 은총으로 난파된 배가 해안으로 떠밀려 왔고 거기서 필요한 물건을 구할 수 있었다.

이렇게 좋은 점과 나쁜 점을 비교해 보니 **이 세상에 작은 위안이라도 찾을 수 없이 절망적인 상황은 없다**는 결론에 이르렀다. 그리고는 내 운명을 이전과는 다른 마음가짐으로 받아들이게 됐다. 배라도 지나갈까 싶어면 바다를 하염없이 바라보던 일을 그만두고 난파민으로서 내 처지를 가능한 한 편안하게 받아들일 수 있도록 애쓰기 시작했다.

어떠니, 폴? 로빈슨 크루소의 태도가 시사하는 바가 크지 않니? 너도 이 부분을 읽고 또 읽고, 꼭 외워서 곰곰이 곱씹어 보고 기도문처럼 읊어봐. 그리고 로빈슨 크루소처럼 네 인생의 좋은 점과 나쁜 점을 정리한 비교표를 만들어 보는 게 어때? 28년 2개월 19일 동안 무인도에서 보낸 유명한 모험가처럼 조금이나마 만족감을 찾을 수 있을지 누가 알겠어?

그 비교표는 꼭 손으로 써봐야 해. 그래야지 좀 더 객관적으로 명확하게 판단할 수 있거든. 공상이 나쁘다는 건 아니야. 공상을 통해서 때로는 멋진 프로젝트가 시작되기도 하고 기발하면서도 생산적인 아이디어가 나오기도 하지. 그렇지만 어느 순간에는 행동으로 옮겨야 해. 성공으로 가기 위해 반드시 필요한 첫걸음은 단순하게 생각을 글로 적는 일일 때가 많거든. 그리고 로빈슨 크루소처럼 반드시 좋은 점과 나쁜 점, 이렇게 두 항목으로 구분해서 적도록 해.

폴, 잠깐 짬을 내서 해봐! 그럴 만한 가치가 있다니까. 내 말 믿어! 생각이 정리가 될 거야. 불쌍한 로빈슨 크루소와 똑같은 결론에 도달해서 네 스스로도 놀라거나 감격할지도 모르지. 로빈슨 크루소가 비교표를 얼마나 현명하고 낙관적으로 마무리했는지 들어볼래?

한마디로 정리하자면 자연과 경험은 내게 **세상의 좋은 일이라는 건 어떻게 활용하느냐에 따라서만 진실로 좋은 일이 될 수 있다**고 가르쳐 줬다. (중략) 나는 행복을 음미하는 단계에 올랐다.

그는 무인도에 홀로 떨어져 언제 벗어날지도 몰랐고 문명의 이기라고는 모조리 박탈당한 상태였다고! 요즘 사람들이 얼마나 외롭다고 불평하는지 알지? 애인이 있거나 결혼을 했어도 마찬가지야. 아이들과 동료, 친구들에게 둘러싸여 있어도 외롭다고 투덜대지. 즐거움의 사회를 '누리기'는커녕 영화, 레스토랑, 술집, 서점, 클럽, 텔레비전, 인터넷, 라디오 등 주위에 널려 있는 온갖 오락거리로 기분 전환을 할 생각도 안 하고 지루하다고 노래를 부르거나 약이나 술, 마약으로 정신을 놓으려고 한다니까!

뭔가 뒤바뀐 것 같지 않아? 아니면 우리의 마음이 사물을 뒤집어 보고 있나봐. 아니, 아예 눈이 멀었나봐. 다른 존재들과 세상이 우리에게 전해 주는 다채로움도 보지 못하고.

나는 자연스럽게 신의 섭리에 감탄했다. 우리가 가지고 있는 것에 대해 감사하는 마음이 부족할 때 고통이 찾아오는 것이 아닐까?

비교표를 쓸 때 너에게 일어난 모든 좋은 일은 다 적었니? 근데 네가 인식하지 못하는 좋은 일도 있지 않을까? 그러니까 네가 당연한 일로 여긴다거나 단순한 우연의 일치로 넘긴 일들 말이야. 네가 좀 더 곰곰이 생각해 본다면 너와 네가 사랑하는 사람들의 인생에 생긴 놀라운 일을 수십 가지는 찾을 수 있을 거야.

물론 쉽지 않을 거야, 나도 알아. 우리는 나쁜 일을 기억하는 데 훨씬 익숙해져 있거든. 신문이나 텔레비전을 볼 때처럼 자신의 일에도 그렇다니까. 나쁜 소식만 기억하고 되새기지. 그게 일용할 양식이자 마약이라니까. 그러고 나서는 왜 기분이 가라앉았는지, 어디가 아픈지 걱정하지.

계속 읽다 보면 디포는 로빈슨 크루소를 통해 이런 이야기도 해. (폴, 이미 고전이 된 책에서 이렇게 많은 구절을 인용하는 날 용서해. 하지만 요즘 시대에도 적용될 만한 유용한 이야기가 많은 걸 어떡해.)

내가 세운 성채의 한쪽에 있는 바위 밑에 깍지(깍지는 곡식의 껍질을 말하는 거야)를 버렸다. (중략) 기계적으로 한 행동이라서 내가 그런 일을 했다는 것도 잊고 있었다.
그런데 한 달 정도 지났을 즈음에 파란 줄기가 솟아나온 게 보였다. 나는 현지 식물이겠거니 했다. 하지만 얼마 지나지 않아 유럽에서 보던, 아니 우리 영국에서 보던 보리와 완벽하게 동일한 품질의 푸른 보리 이삭 10여 개를 보고 놀라지 않을 수 없었다.

크게 놀란 나는 마음에 변화가 일었다. 그전까지는 종교적 사실에 무덤 덤했었다. 무인도에서 지내는 동안 나는 운명의 장난, 아니 흔히 하는 말로 '신의 장난'을 파악해 보려고 애썼지 신의 섭리에 순응하려는 노력은 전혀 하지 않았다. 그런데 곡식이 자라기에 전혀 적합하지 않은 기후 속에서 씨를 뿌린 기억도 없는 보리가 크는 모습을 보니 신이 불가사의한 은혜로 내가 이 무인도에서 살아남도록 신경을 쓰고 있었다는 생각이 들었다. 뜨거운 눈물이 두 볼을 타고 흘렀다.

그리고 이렇게 아름답게 마무리를 하지.

10여 개의 씨앗이 온전히 남아 있었던 것도, 내가 뙤약볕이 들지 않는 바위 그늘 아래 씨앗을 던진 것도 다 기적이 아니었을까?

이 문단을 읽는데 나도 눈물이 나더라고. 내게 일어났던 모든 기적과 같은 일들이 떠올랐거든. 때로는 부주의해서, 때로는 영적 통찰력이 부족해서 처음에는 그저 단순한 우연의 일치로만 여겼었지.

폴, 네 인생에도 이런 기적들이 많지 않을까? 잠깐 멈춰서 생각해봐. 그러면 로빈슨 크루소에게 일어난 일처럼 네 '무인도'에도 유럽에서 보던, 아니 영국에서 보던 보리와 완벽하게 동일한 품질의 푸른 보리 이삭 10여 개가 자라나고 있는 모습이 보이지 않을까? 이 예상치 못한 수확물을 네 비교표에 넣어 보길 바란다.

05
당신이 가진
경이롭고 귀중한 특권

폴, 너는 "유명한 모험가가 하는 말은 멋지네. 나도 거기에 대해서는 할 말이 없어. 하지만 그 사람은 '감안할 만한 상황'에 있었잖아. 그 사람은 '무-인-도'에 있었다고!"라며 영리하게 반박했지.

그 사람은 먹고 살기 위해서 속 좁은 동료들이나 직위에만 집착하는 행정관들이 독불장군이 돼서 권력을 남용하는 꼴을 참고 견디지 않아도 됐다고! 로빈슨 크루소는 내가 봐도 지겨운 내용의 똑같은 강의를 30년 동안 매일매일 반복하지 않아도 됐어. 학생들은 강의에는 무관심하고 규칙은 거의 지키지도 않고 때로는 무례하기까지 하지. 문화적 소양이라고는 텔레비전 쇼가 전부인 얘들이라고. 내 말을 못 믿겠다면 내가 교사 생활을 하는 동안 겪은 말도 안 되는 해프닝을 모아 책이라도 하나 만들어 줄 테니 한번 봐봐. 기가 막혀 헛웃음만 나온다니까. 내 인생이 얼마나 고달 픈지 알게 될 거야.

매년 같은 이야기를 반복하는 일은 정말 고통스러워. 어떤 잔혹한 형벌 이 있다고 하더라도 이 정도는 아닐 거야. 진심이야, 마크. 그 아이들이 좋아하는 건 딱 한 가지야. 교실 가득히 퍼져나가는 수업 종료 벨소리지. 내 설교를 끝내라는 신호거든! 시시포스가 매일 거대한 바위를 밀어 올 려야 한다 해도 내 일에 비하면 식은 죽 먹기일 거야. 그 바위가 수천 배 무겁다고 하더라도 나는 기꺼이 내 분필과 바꾸겠어!

네 메일 잘 받았어, 폴. 무슨 말인지 잘 알겠어. 네가 느끼는 부담감 이 어느 정도인지 알고는 잠시 충격을 받았어. 그런데 말이지……. 내 가 두 손 들기 전에 이야기 하나 해줄게. 그리고 나서 네가 한 이야기를 다시 살펴보자.

매년 12월이면 으레 그렇듯이 지난 12월에도 난 자동차 타이어를 겨 울용으로 교체했어. 그 김에 정비업자한테 오일도 교환하고 전반적으 로 점검해 달라고 했지. 그런데 저녁에 자동차를 찾아서 나오는데 세 블록쯤 지나고 나니까 이상한 소리가 들리기 시작하더라고. 나는 눈살 을 찌푸렸지. 정비소에 차를 맡길 때는 분명 그런 소리가 안 났거든.

짜증이 나니까 소문이 떠오르더군. 왜, 정비업자들이 엔진 작업을 할 때 일부러 부품을 망가뜨려 일을 만든다고들 하잖아. 정비소를 찾는 손님들은 대부분 정비에 대해서는 아무것도 모르니 그냥 눈뜨고 당하는 거지.

나는 자동차에서 내려 보닛을 열고 어디서 소리가 나는 건지 찾아봤어. 허탕이었어. 나도 자동차 정비에 문외한이거든. 어쩌겠어? 다시 차에 탔지. 그리고는 엔진을 껐어. 이상한 일은 그래도 계속 소리가 들리는 거야. 나는 머리끝까지 화가 났지.

그런데 그때 내 가슴 쪽에서 진동이 느껴지는 게 아니겠어? 그때 깨달았지. 어찌나 민망하던지……. 재킷 안주머니에 넣어둔 면도기가 잘못 눌려 작동한 거야! 너도 내가 차에서 면도하는 거 알잖아.

난 혼자 박장대소를 했어. 잘못한 사람이 딱 한 명 있었는데, 그게 바로 나였던 거야. 나는 종종 이 날의 일을 떠올리곤 해. 다른 사람들과 마찬가지로 나도 쉽게 다른 사람 탓을 하거든.

폴, 네가 학교 행정과 어리석은 동료들 그리고 게으르거나 무심한 학생들에 대해 불평할 때 그 책임이 네게도 어느 정도 있다는 생각은 안 해봤니? 예를 들어서 학생들이 네 수업에 무관심해서 미치겠다고 했는데, 네가 먼저 무관심하고 지루한 표정을 버리고 수업을 한다면 학생들의 무관심을 깨뜨리고 더 나아가 관심으로 돌려놓을 수도 있을 거라고 생각해 본 적 있니? 네가 가르치는 학생들이 바로 너의 내면을 보여주는 거울은 아닐까?

네 직업이 얼마나 아름다운지, 얼마나 중요한 일인지 생각해 본 적 있니? 선생은 세상에서 가장 고귀하고 이로운 직업이 아닐까? 혼탁해진 요즘 세상에선 종종 교사직을 폄하하고, 그렇지 않더라도 진정한 가치로 제대로 인정받지 못하고 있긴 하지만 말이야.

위대한 알렉산더 대왕이 아리스토텔레스 같은 스승이 없었다면 그만한 위업을 달성할 수 있었을까? 소크라테스를 만나지 못한 플라톤이 세기를 뛰어넘는 몇 안 되는 철학자가 될 수 있었을까?

네가 가진 경이롭고 더없이 귀중한 특권을 생각해 본 적 있어? 네 말 한마디, 딱 한마디, 짧은 격려, 칭찬, 축하의 말, 조언으로 한 사람의 인생을 완전히 다른 길로 이끌 수도 있잖아? 부모로 인해 꿈이 꺾이고 짓밟힌 한 청소년으로 하여금 자신의 행운이나 재능을 믿도록 네가 도와줄 수 있다는 사실을 타성에 젖어 잊고 있지는 않았니?

물론 선생을 해서 부자가 될 수는 없어. 적어도 사회에서 흔히 말하는 피상적인 의미의 부자 말이야. 유명해지지도 않을 거고 절대 레드카펫을 밟을 일도 없을 거야! 그렇지만 그런 값싼 영화가 운명을 바꾸고, 실패를 성공으로 반전시키고, 불행을 행운으로 변화시키는 이런 마술 같고 유익한 일에 비할 수 있을까? 선생이라는 직업이야말로 대단하고 엄청나고 깊이를 가늠할 수 없는 특권이 아닐까?

사실 너는 영혼을 이끄는 일을 하는 거야. 폴, 그걸 잊었니? 물론 대부분의 다른 사람들처럼 너도 돈 문제, 책상 위에 쌓여가는 청구서 걱정에 사로잡혀 괴롭겠지. 부끄럽지만 정신적으로 황폐해져 청구서를 열어볼 용기도 없다고 네가 네 입으로 고백했으니까.

06
한 여자를
변함없이 사랑하는 행운

어제 오후 5시 정도였어. 신이 나서 컴퓨터를 켰지. 네 돈 문제에 관해 쓸 만한 아이디어가 넘쳐 났거든. 그때 시몬이 연락도 없이 찾아왔어. 얼굴이 말이 아니었지. 평상시처럼 냉정한 여유로움은 찾아볼 수 없었어. 짓궂은 말장난을 할 기분도 아닌지 시니컬한 웃음도 보이지 않더라고. 오히려 어쩔 줄 모르는 것처럼 보였지. 신경이 잔뜩 곤두섰다고 하는 표현이 제일 정확하겠다.

나는 말없이 커피를 한 잔 준비해 줬지. 시몬은 좀 더 센 걸로 달라고 하더군.

"에스프레소 줄까?"

내가 농담을 건넸지.

그리고는 좋은 보르도 와인을 찾으러 갔어. 시몬이 보르도 와인 좋아하잖아. 나는 화이트 와인만 마시니까 라랑드 드 포므롤을 내와도 괜찮겠다 싶었어. 20쪽이 넘게 글을 써야 할 때는 술을 멀리하는 게 좋으니까!

시몬은 와인의 향을 음미하지도 않더라고. 소믈리에 뺨치는 와인 전문가인 시몬이 그런 과정을 얼마나 중요하게 여기는지 너도 잘 알잖아. 그런데 시몬은 첫 번째 잔을 단숨에 비우더니 한 잔 더 따르더라고. 난 아무 말도 안 했어. 그저 입가에 미소를 띠고 보르도 와인으로 입술을 적셨지.

"제시카가 완전히 미쳤어. 전처한테 전화를 하겠다고 협박하고 있다니까."

시몬이 입을 열었다.

"전처 누구?"

"수잔."

"흠…… . 무슨 말을 하려고?"

"우리가 이혼하기 2년 전부터 이미 같이 잤다고 할 거래!"

"이미 이혼했는데 무슨 상관이야!"

"이혼하기 2년 전부터 바람을 피웠다는 걸 수잔이 알게 되면 복수를 하려고 할 거라고. 지금보다 위자료를 더 달라고 할 거야. 확실해. 그리고 그 정신 나간 롤라가 소송에서 이기면 제시카가 나를 정리하려고 할 거라고. 우리는 2년 넘게 같이 살았으니까!"

"롤라? 너 이혼 소송 아직도 안 끝났어?"

"아니, 내 첫 번째 와이프 롤라 말고! 그 유명한 롤라!"

"퀘벡의 백만장자한테 소송을 건 그 롤라?"

"그래, 그 롤라! 그 소송은 정말 코미디라니까! 그 여자가 이기면 우리 같은 이혼남들은 완전히 바보가 되는 거라고! 아니면 미국에서 세금을 안 내려고 1년에 182일만 미국 땅에 사는 사람들처럼 여자랑은 1년하고 364일만 살고 헤어져야지, 안 그러면 둘 사이에 자식이 있든 없든 그 여자가 죽을 때까지 위자료를 줘야 한단 말이지. 어쩌나 로맨틱한 조정안인지! 나한테 그런 일이 생기면 나는 언제나 자유를 택하겠어! 나 이제 어떻게 하면 좋을까?"

"롤라 소송 건?"

"아니, 롤라 말고 제시카 말이야! 제시카가 수잔한테 말하면 난 죽는다고!"

"잠깐만! 근데 너 아직 제시카가 왜 수잔한테 그런 이야기를 하겠다고 하는지 말 안 했어. 그래서 제시카가 얻는 게 뭔데?"

"내가 어떻게 알아? 그 여자, 미쳤다니까! 내가 자기를 떠날까봐 두려운가봐."

"음, 왜 네가 자기를 떠날 거라는 생각을 하는데?"

"사랑의 유효기간은 3년이니까. 너도 그 책 봤지?"

"그럼! 그 책 안 읽은 사람이 있겠어?"

"그 책, 내 이야기라고 해도 될 거야."

"아, 몰랐네!"

내가 비꼬듯 말했어.

"하하하! 진짜 재밌네! 베그베데 소설(역주 : 프레데리크 베그베데의 자전적 소설『3년, 사랑의 유효기간』) 속 주인공은 나랑 비슷해. 결말만 빼고. 편집자가 결말 부분을 바꾸라고 한 것 같아. 안 그러면 여자들이 책을 집어던졌을 테니까."

"나도 알아. 아무리 바람둥이라도 결국에는 위대한 사랑을 깨달아야 하지."

"편집자들이 너한테도 그런 짓을 시키니?"

"전직 변호사였던 편집자들만 그래!"

"재밌어 죽겠네!"

시몬도 내 농담에 박자를 맞춰 주더라.

시몬은 세 번째 잔을 따라 마시고는 다시 와인을 따랐어.

"바보 같은 여자 같으니라고…….."

시몬은 혼잣말을 이어나갔지. 내가 꼭 그 자리에 있을 필요는 없었어. (하지만 친구는 가끔 좋은 귀가 되어줘야 하잖아. 남의 불행에는 귀를 막고 사는 세상에서 이야기를 들어준다는 것만으로도 얼마나 큰일인데!)

"내가 자기한테 거짓말을 한대나 뭐래나. 내가 자기를 진심으로 사랑하면 아이도 낳고 결혼도 하고……. 아, 순서가 바뀌었구나. 내가 두 번이나 결혼을 했었던 걸 보면 자기랑 결혼하지 않는 건 자기를 사랑하지 않고 자기가 인생을 함께할 만한 사람이라고 생각하지 않기 때문이라는 거야. 이미 두 번이나 실패한 남자는 세 번째도 실패하고 싶어 안달 난 것처럼 말이지!"

"그런데 넌 제시카를 사랑하기는 하니?"

"쳇! 내가 그런 생각을 해볼 시간이라도 있었겠어? 우리 관계는 정말 우습게 시작됐다고. 네가 기억을 하는지 모르겠지만…… 아니, 내가 말을 하긴 했던가……. 제시카는 무슨 회의에서 만났어. 이야기하고 웃고 춤추고 함께 밤을 보냈지. 우리는 하룻밤으로 끝날 사이였어. 그런데 우연히 지하 주차장에서 다시 만난 거야. 제시카 차에서 섹스를 했는데 얼마나 짜릿하던지. 그래서 계속 만나기 시작했어. 제시카가 어찌나 적극적인지 내가 완전히 빠졌지. 여기든 저기든 적당한 공간만 있으면 어디서나 섹스를 했어. 내가 이혼하니까 좋아하더라고. 자기가 이겼다고 생각했나봐. 내가 자기 때문에 이혼한다고 했거든. 근데 사실 그때 나는 이미 와이프한테 아무런 매력을 못 느끼고 있었어. 누나 같다고 할까. 야, 너 거기에 대해 책 좀 써라. 제목은 '누나화'라고 해. 먹물 지식인들이 좋아할 거야. 소제목은 '아내는 어떻게 누나가 되었는가?'라고 해. 자기 남편한테 무슨 일이 생긴 건지 궁금한 여자들한테 어느 정도 답이 될 거야. 타락한 짓은 할 수 있지만 근친상간은 안 될 말이라고!"

시몬은 잠깐 멈췄다가 스스로 이렇게 결론을 내리더라.

"내가 제시카랑 자고 싶은 생각이 없어지면 저 히스테리를 받아줄 수 있을까 하는 생각이 가끔 들어."

내가 뭐라고 대답하기도 전에 시몬의 휴대전화가 울렸어. 전화를 받자마자 앙칼진 여자 목소리가 새어나왔어.

"제시카야?"

"아니."

"그럼 수잔?"

"아니야."

시몬은 자기 목소리가 상대방에게 들리지 않게 휴대전화를 가리더니 말했어.

"내 첫 번째 와이프야, 롤라."

롤라가 매주 한 번씩 전화한다더니 그 전화였나봐. 시몬 말이 둘이 이혼한 지 20년이 넘게 지났는데 아직도 롤라가 일주일에 한 번은 온 갖 핑계를 대서 전화한다네. 아들이 문제를 일으켰다는 둥 하면서 말이지. 대부분은 시몬한테 심한 소리를 해대는 거지. 아마도 그렇게 해서라도 시몬한테 자기가 아직 시몬을 좋아한다고 알리고 싶은가봐.

시몬은 천장을 바라봤다가 다시 거실에서 왔다 갔다 했어. 첫 번째 전처의 하소연이 늘어지니까 나를 돌아보고는 이러더라고.

"미안한데 가봐야겠어. 네 이야기는 내일 듣자!"

난 고개를 끄덕이며 대답했지.

"괜찮아, 중요한 이야기도 아닌데, 뭐!"

내 이야기…….

굳이 고쳐줄 필요는 없다고 생각했지. 시몬이 좀 나아진 것 같았거든. 중요한 건 그거잖아. 제시카와의 관계는 아무래도 끝난 것 같았지.

시몬은 속이야기를 잘 안 하는 스타일이잖아. 시몬은 속이야기를 하는 건 나약하다고 생각하는 것 같아. 아니면 직업적인 이유일 수도 있겠지. 자기 생각을 다 말하는 변호사는 영화에나 나오는 거잖아. 뭐, 그건 다른 이야기고!

어쨌든 시몬이 자기가 만나는 여자에 대해 이야기하는 경우는 둘이 처음 잔 날에 관한 게 다야. 그 뒤의 이야기를 누가 궁금해 하겠어? 그리고는 둘 사이 관계가 안 좋아졌을 때, 그러니까 정말 나빠졌을 때라고. 상대방한테 질렸거나 헤어지려고 하거나 그 여자가 자기를 차도록 만들기 전에 말이지! 마치 우리 '녀석들'한테 자기가 헤어질 거라고 알리는 것 같아. 아니면 최종 결정을 하기 전에 우리한테 마지막으로 의견을 묻는다거나 동의를 구하려고 하는 것이든지.

폴, 알겠니? 여자가 많은 남자의 삶도 언제나 장밋빛은 아니라고! 그렇다고 해서 시몬이 너의 로맨틱한 성향을 부러워하는 것 같지는 않아. 그 친구는 장밋빛은 허세라고 생각하거든. 영원히 지속되고 시간이 지나도 변하지 않는 위대한 사랑과 열정은 믿지 않아. 욕망만을 믿지. 욕망은 본래 불안정한 감정이고. 두 번이나 이혼을 하고 나서 그런 생각이 더 견고해졌을 거야. 물론 너도 두 번이나 이혼을 하긴 했지만 소피에 대한 마음은 처음부터 지금까지 변함없잖아. 시몬은 그렇게 영원한 사랑은 한 번도 경험해 본 적이 없어.

난 가끔 시몬이 어떻게 이런 삶에서 저런 삶으로 넘어가는지 궁금할 때가 있어. 내 말은 이 여자에서 저 여자로 넘어간다고. 우리 남자들한테는 결국 같은 말이니까. 그 친구는 어떻게 화려한 연애사에도 불구하고 정서적 안정을 유지하면서 일주일에 70시간이나 일을 할 수 있지? 초인이든지 아니면 아마도 특출한 신경체계를 갖고 있나봐.

폴, 내가 하고 싶은 말은 네가 운이 좋다는 거야. 로맨틱한 남자인 것도, 결혼한 지 15년이 지난 지금도 네 아내를 처음과 변함없는 마음으로 사랑하는 것도 다 운이 좋아서야. 이때? 이 특권을 미의 박물관에 전시하지 않을래? 꼭 그랬으면 좋겠다.

왜냐하면 요즘처럼 일회용 관계가 대세가 된 시절에, 고귀한 감정이 라다(역주 : 러시아의 소형 승용차)에 탄 거인처럼 갑갑하게 느껴지는 세상에서 그건 아주 드문 일이거든.

그래, 문학적인 비유는 아니네. 장문의 편지를 쓰다 보니 그렇게 됐어. 그래도 네 학생들도 쉽게 이해할 만한 비유잖아. 너 지금 나한테 뭐라고 하고 싶지? 워워, 진정하라고!

사실 난 네가 보여주는 아내에 대한 변함없는 사랑이 존경스럽고 부러워. 그게 내 소박하고 솔직한 생각이야. 모든 여자를 사랑하는 건 결국 아무도 사랑하지 않는 거랑 매한가지야! 아무에게도 얽매이고 싶지 않았는데 역설적으로 노예가 되고 마는 거지.

그런데 우리가 시몬 이야기를 하려던 게 아니잖아. 네 이야기를 해야지. 네가 마신 와인에 대한 이야기. 아마도 돈 걱정으로 마셨겠지. 돈 문제는 우리가 생각하는 것보다 훨씬 더 많이 우리를 괴롭히잖아. 그것도 은밀하게 말이야.

07
당신은 돈과
어떤 관계인가

연극 「르 푸앙 쉬르 로베르」에 호남 배우 파브리스 루치니가 위대한 작가 롤랑 바르트와 처음 만난 날을 이야기하는 장면이 있어.

『사랑의 단상』으로 유명한 롤랑 바르트가 루치니에게 물었어.

"당신은 전화와 어떤 관계인가요?"

질문에 약간 당황한 청년 루치니는 대답했지.

"아…… 정상……이지요…….."

남다른 화법으로 말하고 글을 쓰는 바르트가 물어본 것은 그저 전화번호를 알려줄 수 있냐는 거였어!

바르트의 질문도 질문이지만 루치니의 대답도 걸작이지 않아? 나는 전화랑 정상적인 관계다…….

그렇다면 돈에 대해서는 어떨까? 대부분의 사람들이 돈과 맺는 관계에 대해서는 그렇게 대답하지 못할 거야. 아니면 이렇게 말할 수 있겠지. 돈과 균형 잡힌 관계를 유지하는 사람이 적다고.

　돈과 균형 잡힌 관계를 맺지 못하면 곧 문제가 생기지. 그리고 돈 문제는 삶을 참 힘들게 만들어. 단시간에 해결될 문제라면 금방 해결하고 정신적으로도 크게 영향을 받지 않겠지. 누구나 실수도 하고 잘못된 결정을 내리기도 하니까. 그런데 가끔은 우리가 통제하기 어려운 상황도 생기게 마련이지. 돈 문제가 지속된다면 우리는 아마 신경쇠약에 걸릴 거야. 힘들기는 삶의 동반자인 아내 또는 남편도 마찬가지야. 아이가 있다면 아이까지 힘들어질 거야.

　돈과 균형 잡힌 관계란 뭘까? 자신의 정서적 안정을 유지하기 위해서 가장 중요한 일은 자기가 버는 돈보다 많이 쓰지 않는 거야! 간단하지 않니? 대부분의 사람들에게 생기는 돈 문제는 그 사람이 돈을 충분히 벌지 못하기 때문이 아니라 자기가 버는 것보다 많이, 그것도 지나치게 많이 써서 그런 경우가 많아! 겉으로 잘 드러나지 않긴 하지만.

　증거를 보여줄까? 많은 사람들이 사회초년병 시절보다 두 배, 세 배, 아니 열 배나 많이 벌어도 10년이나 20년 후에 보면 자기에게 무슨 일이 생겼는지도 모른 채 벌이보다 훨씬 더 많이 쓰고 점점 더 빚을 지고 있어. 현대사회에서 우리에게 제공하는 방대한 신용대출 가능성을 볼 때 그리 어려운 일도 아니지.

　아이러니컬하지 않니? 돈과 균형 잡힌 관계를 맺는다는 것은 우리 자신이, 통상적으로 생각하는 것, 주위 사람들이 우리에게 믿도록 만드는 것보다 훨씬 더 중요한 가치가 있다고 생각하는 거야. 우리로 하여금 신용을 떨어뜨리고 돈의 노예가 되도록 만드는 건 우리를 아끼고 보호하고 우리의 행복을 비는 척하는 사람들이 흔히 즐기는 게임이야. 그런 사람한테는 우리에게 조언을 하기 전에 자기 앞길이나 가리고 그 방식으로 성공이나 해보라고 해!

돈과 균형 잡힌 관계를 맺는다는 것은 자기가 제공한 노동, 재능, 시간에 대한 보상으로 수용할 수 있는 만큼 번다는 사실을 이해하는 거야. 돈에 대한 생각을 이렇게 바꾸고 자신의 가치를 깨닫고 자기 자신과 진행 중인 프로젝트, 아이디어에 대한 소신을 갖기 시작하면 마법처럼 엄청난 기회들이 찾아오고 수입도 늘어날 거야. 때로는 수백만 배로 불어나지. 특출한 재능이 없는 사람들한테도 그런 일은 얼마든지 생기잖아!

하지만 많은 사람들이 그 사실을 간과해 버리고 말지. 일하느라, 수입과 지출을 맞춰 보느라, 빚을 갚느라, 돈 문제로 생긴 신경성 위장병을 달래느라 너무 바쁘거든. 다 애초에 돈과 균형 잡힌 관계를 맺지 못해서 생긴 일이야.

폴, 여기서 신용대출에 대해 짚고 넘어갈 게 있어. 대부분의 사람들이 신용대출을 받아 버는 것보다 많이 쓰고 있잖아. 이렇게 소비적인 행태는 어디서 비롯됐을까? 사람들 내면의 괴물, 그래 맞아, 머리가 천 개나 달린 히드라 같은 괴물이 번식하고 있고, 그 괴물은 우리가 생각

없이 돈을 쓰고, 손해를 보고, 불운이 그 사람에게 깃드는 등 돈과 불균형한 관계를 맺어야만 기분이 좋아진대.

어떻게 하면 이 괴물을 없앨 수 있을까? 이 괴물이 실제로 존재하는 것 같거든. 모든 존재에게 제일 중요한 과제는 생존이니까 쉽지는 않을 것 같지? 우선 처음으로 할 일은 그런 괴물이 있음을 인정하고 인식하는 거야. 그 다음에는 "내 삶의 주인이 누구인가? 그 괴물인가 나인가?"라고 네 자신에게 물어봐야 해.

폴, 이 괴물이 꼭 내면에만 있는 건 아니야. 외부에도 있어. 이 괴물은 여러 가지 얼굴을 하고 있거든. 프레데리크 베그베데가 쓴 명저 『9,990원』를 보면 이런 이야기가 나와.

당신이 아끼고 아껴서 꿈에 그리던 자동차를 샀습니다. 제가 지난번에 광고했던 모델이지요. 그 모델은 이미 유행이 지났습니다. 저는 세 발자국 앞서가면서 언제나 당신이 아쉬워하게 만들 준비가 되어 있습니다. 화려한 매력이라는 곳은 절대 도달할 수 없는 세계입니다. 저는 신제품으로 당신을 유혹합니다.
신제품의 장점은 절대 언제까지나 새로운 제품이 아니라는 것입니다. 언제나 이전 모델을 구형으로 만드는 신제품이 등장합니다. 당신이 신제품에 눈독을 들이게 만드는 것이 제 일입니다. 저와 같은 직업을 가진 사람들은 당신의 행복을 바라지 않습니다. 행복한 사람들은 돈을 쓰지 않거든요.

행복한 사람들은 돈을 안 쓴다니, 과장도 심하지! 돈을 쓰지 않을 수는 없어. 밥도 먹어야 하고 옷도 걸쳐야 하고 좀 즐기기도 해야 하니까. 새로운 자동차나 집, 아파트, 멋진 옷, 크루즈 여행권 등을 사는 일은 즐겁지. 우리가 땀 흘려 번 돈으로 구입했다면 정당한 일이기도 해. 문제는 과소비지. 감당할 수 없을 만큼 돈을 써서 빚을 지고 괴로워하고 스트레스 받고 삶을 힘들게 만들고 때로는 우리를 파산시키거나 우울하게 만들거나 자살로 내몰거든.

다시 베그베데의 말을 들어보자.

당신이 괴로워할수록 경제는 활성화됩니다. 우리끼리는 이것을 '구매 후 실망감'으로 부르지요.

구매 후 실망감……. 표현이 마음에 들어! 왜냐면 우리가 자주 경험하는 감정을 잘 보여주는 말이거든. 예를 들면……. 폴, 네 차도 그래. 그 BMW 엄청 가지고 싶어 했잖아. 네 수입으로 감당하기는 약간 무리였지만 말이야!

자동차 할부금을 4년, 아니, 작년부터 내기 시작했으니까 앞으로 3년 동안 내야 하지. 그 기간 동안 스트레스거리를 껴안은 셈이니, 무슨 짓인지!

1년 전에는 그 차가 얼마나 멋있어 보였니? 네 행복을 위해 절실하고 불가결한 것처럼 보였잖아. 처음에는 일주일에 세 번이나 세차를 했었지. 근데 지난 네 생일날 차를 보니 어찌나 더럽던지……. 지금 여름인데 말이야.

그래, 나도 알아. 요즘 기분이 별로라고 했지. 사람이 기분이 별로일 때는 겉으로 보이는 사소한 일들에 다 표시가 나게 마련이지. 그런데 너 혹시 자동차한테 앙갚음을 하려고 그렇게 신경을 안 쓰는 건 아니니? 비싼 자동차 할부금을 내느라 언제나 빈털터리인데다가 원하는 만큼 외식도 못하고 여행도 못 다니게 됐으니 속이 쓰리겠지. 그 잘빠진 독일 세단이 네 신경을 거스르고, 작은 원망을 심어 주고, 네가 그 차를 살 때 굳게 믿었던 것처럼 너를 행복하게 만들어 주기보다는 불행하게 만들기 시작했니?

나도 알아. 소비사회에서 광고와 여가생활의 유혹을 뿌리치기란 쉽지 않은 일이지. 유혹이 시작되면 자제력은 잠시 사라지거든! 나도 그래. 내가 스낵칩을 그렇게 좋아하는데도 불구하고 집에 내가 싫어하는 바비큐칩 말고는 절대 사다놓지 않는 이유도 그 때문이야. 책상 앞에 앉아 있는 직업인 만큼 사람 꼴을 유지하기 위해 먹고 싶은 대로 먹지 않으려고 그러는 거지!

유혹을 이겨내는 건 쉽지 않아. 폴, 나도 알아. 맛있는 음식을 마음껏 먹고, 갖고 싶은 물건을 다 가지고, 외롭지 않게 많은 이성을 만나고 싶지. 그러면서 많은 사람들이 '구매 후 실망감'을 느껴. 사랑도 마찬가지야. 우리는 물건을 소비하듯이 이성을 소비하고 있거든. 많은 관계가 깊이도 없이 일회성으로 끝나고 있잖아? 많은 이성을 만나서 섹스를 하는 건 선물 포장을 풀어 보는 것과 비슷해. 잠깐 바라보면 신비감은 사라지고 다른 선물을 풀어 보고 싶어지거든!

거리며 지하철, 사무실, 레스토랑이며 일회용 관계에 적당한 사람들이 어찌나 많은지 머리를, 마음을…… 아니, 성기를 어디에 둬야 할지 모를 정도야. 새롭고 신기한 제품도 무척 많아서 정신이 없지. 살 만한 돈이 없어도, 지난주에 이미 많은 돈을 썼어도 마음이 혹하게 마련이지! 가끔은 배우자와 '거래'를 하기도 하지. 그 사람은 실제 재정상황을 제대로 알지 못하거나 어쩌면 아예 알지 못하니까 결과는 뻔해! 그들이 우리가 실제보다 더 부자라고 믿게 만든 것은 바로 우리 자신이잖아? 그러니 여기저기 구멍이 나서 위태롭기 시작해도 그렇게 교묘하게 만들어 놓은 자신의 이미지를 유지하려고 애쓸 수밖에 없지!

거의 매주 우리 우편함에는 거부하기 힘든 신용대출 광고 전단지가 가득 들어 있어. 인터넷에는 또 얼마나 그럴듯한 광고가 많은지……. 근사한 자동차도, 예쁜 옷도, 신기한 신제품도 얼마나 많니? 아까 말했던 내면의 괴물도 우리를 유혹하지! 그 괴물은 또 어찌나 끈질긴지! 그것들을 다 사지 않으면 완전히 '루저', 크로마뇽인이 된 것 같은 생각이 든다니까!

사회가 우리에게 섬세하게 쳐놓은 덫에 걸리지 않으려면 정말이지 올바른 분별력이 필요해!

08
만족하고
감탄할 줄 아는 마음

　폴, 크리스마스면 항상 아이들에게 선물을 준비하잖아. 선물을 본 아이들은 사냥한 먹잇감으로 달려드는 맹수 같지. 아이들은 포장지를 찢고 상자를 열어 안에 들어 있던 장난감을 후다닥 살펴보고는 한번 놀아보지도 않고 바로 다음 선물로 넘어가지. 그 선물에 대한 호기심을 이미 잃은데다 다른 선물을 뜯어볼 수 있으니까. '구매 후 실망감'을 보여주는 최고의 예인 것 같아! 아니, 선물은 직접 구입한 게 아니니까 '소유 후 실망감'이라고 해야겠구나. 결국은 같은 말이긴 하지만, 어쨌든 같은 '정신 나간 짓'이고 영혼의 병이야. 어릴 때부터 나타나니 더 걱정스럽지.

　폴, 잠깐 편지쓰기를 멈추고 어머니께 어린 시절에 크리스마스를 어떻게 보내셨는지 여쭤봤어. 할아버지와 할머니는 노동자셨거든. 생활에 필요한 물건은 부족하지 않았지만 어머니를 비롯한 다섯 남매가 받는 선물은 요즘 아이들이랑 사뭇 달랐지. 어머니와 삼촌, 이모들은 새 양말이나 벙어리장갑을 받고 그렇게 좋아하셨대. 아주 엄청나게 말이야. 어머니가 '새' 양말이라고 강조하시는데 나도 깜짝 놀랐어! 왜냐고? 원래 가지고 있던 양말이나 장갑은 낡고 구멍이 났으니까!

지금 같은 마라톤식 선물 개봉식은 없었지. 그때 받은 선물은 거의 그게 다니까. 때로는 특별히 과자를 주시기도 했대. 그것도 크리스마스라고 특별히 허락을 해주신 걸 거야. 할머니가 1년에 한 번 해주시는 보리설탕이나 감자사탕 같은 달달한 주전부리겠지. 난 먹어본 적은 없지만 고디바 초콜릿에 비하면 아주 소박할 거야. 하지만 아이들이 얼마나 좋아했을지는 짐작이 가. 요새 아이들은 그런 즐거움은 모를 거야.

할머니는 할아버지가 평소 생활비에 5달러 얹어 주신 돈으로 선물을 사셨대. 할아버지는 크리스마스 시즌이기도 하고 손님들도 오실 테라리놀륨으로 된 새 방수포를 사서 직접 주방에 까셨대.

크리스마스트리 아래에는 잘 포장된 선물이 몇 개 놓여 있었는데 선물 개봉식은커녕 선물 개봉 자체가 없었대. 화려한 포장지로 싸여 예쁜 리본이 묶인 선물상자는 비어 있었거든! 그저 손님들에게 가난을 숨기고 풍족한 모습을 보여주려고 선물상자를 놓아둔 거야. 이런 순진한 연극 이야기에 가슴이 찢어지더라고……. 요즘 아이들이 받는 선물이 어떤지 생각하면 더 그렇지.

폴, 너는 어떻게 생각해? 우리가 무감각해지고 응석을 부리게 된 걸까? 아니면 풍족한 생활 속에 감사하는 마음이 사라진 걸까? 폴, 네게 선택권이 있다고 한다면 아이들에게 어떤 게 더 좋을 것 같아? 무슨 벌이라도 받는 것처럼 포장을 열심히 뜯어 보지만 정작 마음에 썩 들지는 않는 럭셔리한 선물을 한보따리 해줄래? 아니면 구멍 난 양말 대신 이번 겨울을 따뜻하게 보내게 만들어 줄 소박한 양말 한 켤레를 해줄래?

나는 이미 결정했어. 그런데 더 혼란스러워졌지. 딸에게 양말을 선물할 수가 없어. 그 아이는 이미 양말을 50켤레나 가지고 있지 뭐냐!

뮈세는 『세기아의 고백』에 진짜 어린이 이야기를 쓴 게 아니라 조르주 상드와 자신의 위험한 사랑이야기를 적었지. 오늘날 그 책을 다시 쓰고, 정말로 어린이 이야기를 쓴다면 아마 이 특이한 현상에 대해 써야 할 거야. 적어도 중산층 가정 아이들에게 공통적으로 보이는 특성이니까. 가난한 집 아이들이 '구매 후 실망감'을 겪는 일은 적어. 그 아이들은 더 적게 사고 쇼핑 횟수도 적을 테니까.

언젠가 겨울에 멕시코에 갔을 때가 생각나네. 그때 칸쿤팰리스라는 호화로운 호텔에 묵었어. 얼마나 화려한지 우울한 생각들을 순식간에 날려버리더군. 조급한 편집장의 주문을 들어주느라 급하게 마무리한 소설 때문에 완전히 방전돼서 떠난 여행이었거든.

멕시코 해변에는 피부색에 따라서 가격이 달라지는 물건을 파는 행상들이 있어. 피부색이 하얄수록 가격은 올라가지! 그곳에서 카를로라는 귀여운 아이를 알게 됐어. 여덟 살이고, 학교도 빠지고 자기랑 일곱 남매를 먹여 살리려고 열심히 일하시는 어머니를 돕는 착한 아이야. 아버지가 네 명인데 모두 도망갔다나봐. 그 아이에게서 격려 차원으로 별로 필요는 없지만 물건 몇 개를 사줬어. 가격 흥정 따위는 하지 않았지. 그 아이랑 가격 흥정을 한다는 게 참 염치가 없더라고! 그 아이가 하는 영어는 어설펐지만 내 스페인어 실력보다는 훨씬 나았어. 내가 하는 스페인어는 고작 세르베사, 세뇨라, 아모르, 페르 파보르, 아디오스, 아스타 라 비스타가 전부거든. 이렇게 말하고 나니 낙천적인 카사노바가 데이트할 때 쓰는 말 같네! 여하튼 그렇게 이야기를 좀 나누다 보니 금방 측은한 마음이 들더라고. 그래서 이튿날 점심시간에 레스토랑에 데려가 "먹고 싶은 걸 골라봐" 하고 메뉴판을 줬지.

처음에 그 아이는 내가 농담하는 줄 알고 눈이 동그래져서 머뭇머뭇하더라고. 그래서 물어봤지.

"배 안 고프니?"

그 아이가 배가 안 고프겠어? 이틀 동안이나 아무 것도 먹지 못해서 배에서 요란한 소리가 난다고 하더라고. 자기 배를 가리키며 손가락을 빙빙 돌리는데 그걸 보고 있자니 어찌나 마음이 아프던지…… 결국 햄버거랑 감자튀김을 시켰어. 그러더니 절반만 먹더라고. 깜짝 놀랐지. 이틀 동안이나 안 먹었다고 했으니까. 아이가 장난을 친 걸까? 그런데 그 아이는 발육부진으로 보일 만큼 앙상하거든. 다시 물어봤지.

"벌써 다 먹었니?"

"네. 아니, 이 절반은 엄마 드리려고요."

그러면서 해변에 좌판을 벌이고 앉아 있는 40대 여성을 가리켰어. 카를로가 파는 물건과 같은 물건을 팔고 있더라고. 내가 햄버거를 사줬으니 햄버거는 자기 것이고 자기 마음대로 할 수 있는데도 불구하고 그 아이는 마치 내게 허락을 구하듯이 바라보더라. 나는 그러라고 했지. 햄버거 반쪽을 어서 어머니께 가져다 드리라고 재촉했어. 그 아이 어머니가 허기질까봐 그랬다기보다 내가 눈물을 보이고 싶지 않았거든.

이틀이나 굶은 여덟 살짜리 아이라면 햄버거 세 개쯤은 순식간에 먹어치울 수 있을 거야. 그런데도 자기 자신보다 어머니를 먼저 생각하는 모습을 보니 이게 진정한 헌신이자 희생정신이라는 생각이 들었어. 감동적이었지.

그 아이가 자기 어머니께 햄버거를 들고 가는 모습을 지켜봤어. 그 어머니도 아마 오랫동안 굶었겠지. 아이가 어머니를 보고 밝게 웃더군. 그 어머니도 아이에게 환하게 웃어줬어. 아이가 어머니에게 먹을 걸 가져다 드리는 걸 보니 이런 생각이 들더라고. 아마도 폴, 너라도 같은 생각을 했을 거야. '내 주위에 저렇게 행동할 수 있는 아이가 있을까? 있다 해도 몇 명 안 되겠지' 하는 생각 말이야.

넌 배고픈 엄마들은 없고 다이어트를 하는 엄마들만 많다고 하겠지. 아무튼, 우리 교육제도가 놓치는 점이 있는 것 같아. 뭐라고 할까? 희생정신? 관용? 내가 집으로 돌아오기 전날 카를로는 나를 또 한 번 놀라게 했지. 내가 축구공을 사준다고 불렀거든. 가게에 갔더니 금세 팬

찮은 축구공을 찾아내더라고. 이렇게 저렇게 해보면서 탄력도 좋고 가죽도 뛰어나다고 감탄하더라. 그런데 계산대로 가려니까 갑자기 얼굴이 어두워지더니 멋쩍어하면서 이렇게 물었어.

"축구공 대신에 신발을 사면 안 될까요?"

그 아이 신발을 봤지. 낡고 구멍 나고 색도 바랬더군. 아마도 형이 한참 신다가 작아서 이 아이에게 줬겠지. 이유는 잘 모르겠지만 그 신발을 보니까 굶주린 개가 생각나더라고. 옴에 걸렸을 수도 있고 이가 많아 다양한 틱 증상까지 보이는 그런 개 말이야. 멕시코에는 거리를 헤매고 다니는 개가 많거든. 우리나라에 있는 개, 심지어 주인 없이 떠도는 개들도 저 정도는 아닌데 말이지. 카를로는 놀이는커녕 당장 먹고 사는 일이 중요한 상황이었어. 우리나라 애들에겐 노는 것만큼 중요한 일도 없는데 말이지. 마음이 짠하더라.

나는 카를로에게 대답했어.

"안 돼."

"안 돼요?"

반짝이는 큰 갈색 눈에 걱정이 깃들어 다시 물었지. 자기가 변덕을 부려 내 마음이 변했고 결국 신발이고 축구공이고 아무 것도 못 받게 될 것 같았나봐.

"안 돼."

그 아이는 고개를 끄덕였지. 순순히 받아들이는 그 모습도 참 마음이 아프더라.

"축구공을 받는다고 해야 신발도 사줄 거야."

그 아이는 좋아서 환하게 웃더니 나한테 안기더라고.

이 아이는 아무것도 가진 게 없고 이틀에 하루만 학교에 나가고 그나마도 열두세 살이 되면 그만두고 불쌍한 엄마를 도와 생계를 이어가겠지만 자신만의 방식으로 지혜롭다고 생각했어. 어쨌든 그 아이에게는 나와 우리 아이들이 배울 만한 점이 있었어.

정신차릴 만한 이야기를 하나 더 들려줄까?

작년 여름의 일이야. 내 딸 줄리아가 집에 친구를 데리고 와서 놀고 있었지. 그러더니 지루한 표정으로 나한테 와서 말했어.

"심심해. 할 게 없어."

할 게 없다니! 나는 어이가 없어 할 말을 잃었지. 줄리아는 혼자가 아니라 친구랑 같이 있었다고! 하지만 나는 흥분하지 않고 조용히 대답했지.

"수영장도 있고 트램펄린도 있잖니!"

딱 봐도 만족스럽지 않은 대답이었어. 줄리아가 바라는 건 라롱드 놀이공원이나 그랜비 동물원, 쇼핑센터에 가는 거였어. 그러고 나면 또 다른 게 필요하겠지. 여행을 떠나든지 라스베이거스, 플로리다로 가든지, 뭐, 그러고 싶겠지. 끊임없이 더 나은 것을 바라는 마음이 나쁘다는 것은 아니지만 한없이 무기력한 탓이라면 얼마나 한심스러워!

"트램펄린 사달라고 1년이나 노래를 불렀잖니. 지난주에 산 거야!"

"30분이나 했다고요!"

30분, 그래 요즘 아이들에게는 긴 시간이지. 영겁 같을 거야! 저 아이들이 커서 어떤 어른이 될지……. 저 아이들에게 무한한 수입이 있었으면 좋겠어. 저 아이들에게 폴 발레리의 '늘 되풀이되는 바다(편집자주: 폴 발레리의 시 '바다의 묘지'의 한 구절)'란 신제품에 대한 욕망일 테니까.

내가 어릴 때 우리 부모님은 많은 장난감을 사줄 만한 여유가 없으셨어. 그 때문인지, 어머니 말씀이 나는 실뭉치만 가지고도 몇 시간을 잘 놀았다는 거야. 여동생들이랑 지하실 바닥에 깔린 카펫 위에서 바다에서 요트를 타다가 폭풍이나 해적을 만난 놀이를 하면서 놀았던 건 나도 기억나.

요즘 아이들은 「캐리비안의 해적」을 보지. 1, 2, 3편을 다 봤는데, 다음편이 또 나온다니 지겹다. 뭐, 악감정이 있는 건 아니지만 가끔 이런 생각이 들어. 내가 클 때 장난감도 많고 볼만한 영화도 많았다면 이 세상에서 가장 환상적이고 가장 저렴한 장난감을 개발하지 못했을 거야. 그 장난감이 뭔지 알아? 바로 상상력이야!

상상력은 우리가 잊고 있던 장난감이야. 오늘날 다시 이 장난감을 유행시키려고 한다면 아마도 당황하면서 '불량품'이라고 생각할지도 몰라. 아이들과 부모님의 노력이 필요한 장난감이거든. 여기에 시간을 투자할 사람이 어디 있겠어? 아이들에게 장난감을 사주지 말자는 말은 아니야. 아이들을 온전히 장난감에 내맡기지는 말자는 얘기지.

폴, 넌 가끔 꿈꾸듯이 은행 계좌에 백만 달러, 아니 2백만 달러(인플레이션도 고려해야지)만 있으면 좋겠다고 했지. 그러면 바로 모두 접을 거라고, 당장 교사 생활을 그만두겠다고.

그런데 정말 그렇게 될까? 100명에게 다음 중에 어떤 것을 선택할 거냐고 물어보자.

1. 천만 달러가 있지만 행복할 거라는 보장은 없다.
2. 천만 달러는 없지만 편안하게 살기에 충분한 돈이 있고 행복할 거라는 확신도 있다.

많은 사람들이 그래도 1번을 선택하겠다고 할 거야. "천만 달러가 있는데 어떻게 행복할 거라는 보장이 없을 수가 있어?" 혹은 "천만 달러만 있으면 어떻게든 불행을 막을 방도를 찾을 수 있을 거야"라고 하면서 말이야.

왜냐하면 우리는 물질주의 사회에 살고 있으니까. 왜냐하면 우리는 한 번도 분별력에 대해 배운 적이 없어 제대로 된 분별력이 없으니까. 그리고 혹시 있다 하더라도 아까 말한 '괴물'이 쥐도 새도 모르게 그 분별력을 흐트러뜨렸으니까.

그렇지만 우리가 원하던 물건을 샀을 때 그리고 사고 나서 일어나는 일들을 잘 생각해 본다면 불필요한 지출을 막을 수도, 산 지 한 달도 안 돼서 창고에 쌓아놓고는 다음번 창고 세일 때까지 꺼내보지도 않는 물건을 사지 않을 수도 있을 거야! 그리고 무엇보다 카드로 물건을 사들이는 일을 막을 수 있을 거야. 그건 우리를 행복하게 만들기는커녕 스트레스만 가중시키는 일이거든!

언제나 쉬운 일은 아니야. 우리는 바쁘게 살고 있거든. 시간이 없지. 우리에게 무슨 일이 생겼는지 곰곰이 생각해 볼 수 있는 여유는 사치인 세상이야. 그리고 인간의 정신과 마음은 얼마나 복잡한 시스템인지! 신비로워서 매력적이기까지 하다니까!

폴, 네가 그 메커니즘을 알게 되면 지금 네가 가진 것만으로도 행복해지지 않을까?

09
내일부터
불행해도 돼!

방금 편지를 다 쓰고 메르 솔레이를 한 잔 했지. 이 감미로운 캘리포니아 산 백포도주를 마실 때 딱 한 가지 아쉬운 점은 내가 해변에 누워 일광욕을 하고 있지 않다는 사실을 상기시켜 준다는 거야.

그때 시몬이 또 불쑥 우리 집에 찾아왔어. 시몬은 몹시 흥분한 것처럼 보였어. 사실 시몬의 그런 모습은 몇 번 보지 못했지. 나는 시몬을 보자마자 '제시카가 협박을 실천에 옮긴 거야. 그래서 시몬이 안절부절못하는 거야'라고 생각했지.

"제시카가 롤라한테 말했어?"

"아니야."

"아, 잘못 말했네. 수잔한테 전화했냐는 말이었어."

"아니야. 그 바보 같은 여자가 나를 떠났어."

나는 그의 말을 단순하게 받아들이고는 이렇게 대답했어.

"바보 같은 여자면 헤어진 게 잘 된 일 아니야?"

"넌 몰라. 나는 제시카를 사랑한다고……."

시몬이 사랑을 말하다니 어색하게 들렸어. 시몬이 언제 그런 감정에 관한 이야기를 했던가 싶더라고. 시몬에게 감정을 드러내는 일은 정신적으로 나약하다는 걸 보여주는 것과 같은 일이었으니까.

시몬은 여자에 대해 예쁘다, 섹시하다, 똑똑하다, 흥미롭나, 육감적이다, 이런 표현만 쓰잖아. 그런 시몬이 어떤 여자를 사랑한다고 하다니! 사랑이라는 단어는 그 친구 사전에는 없는 줄 알았어. 폴, 너는 이 점에 대해 어떻게 생각하는지 모르겠구나.

나는 시몬이 첫 번째 부인인 롤라를 사랑한다고 생각했어. 그래서 롤라와 헤어진 이유가 정말 궁금했어. 너도 시몬이 이혼한다는 소식에 몇 번이나 "둘이 참 잘 어울리는 커플이었는데!"라고 하면서 안타까워했잖아. 둘이 꽤 다정하게 지냈던 건 사실이야. 애도 둘이나 낳았잖아. 시몬이 두 번째 부인을 사랑하긴 했던 건지 잘 모르겠어. 아니면 아주 독특한 형태의 사랑이었을 거야.

그런데 제시카는 좀 달랐어. 난 둘이 진지한 관계가 아니라고 늘 생각해 왔거든. 그저 잠시 바람같이 지나가는 관계일 거라고 여겼어. 올해로 3년이나 만났으니 내 생각이 틀렸다고 인정해야겠지만 말이야. 제시카에게 딱 하나 있는 재능이자 사랑의 기술은 시몬에게 먼저 헤어지자고 했다는 거야. 시몬에게 그런 일은 거의 없었으니까.

"네가 반응을 보이도록 하려는 전략일 거야. 네가 아이를 갖자고 하면 지금 당장이라도 돌아올걸?"

"이미 말해 봤어. 나를 못 믿겠대. 너무 늦었다는 거야."

나는 시몬에게 "내일부터 불행해도 돼"라고 말해주고 싶었어. 내가 『골퍼와 백만장자』에 썼던 골퍼네 집에서 일하는 나이든 정원사가 그랬던 것처럼 말이야. 그런데 내가 뭐라고 말할 사이도 없이 시몬은 나가 버렸어.

폴, 잘 생각해 봐. 너도 **내일부터 불행해도 돼.** 하루만 기다려 봐. 그리고 내일이 되면 또 하루를 기다려. 그렇게 하루하루 보내다가 보면 걱정스러웠던 소식이나 상황이 덜 심각하게 보일 거야. 아니면 네 스스로 더 좋은 일이 생기려고 그랬다는 걸 깨닫게 될 거야.

유명한 시나리오 작가 겸 감독인 노라 에프론은 『철들면 버려야 할 판타지에 대하여』란 책에서 교훈적인 일화를 들려주지. 그녀는 「뉴욕 포스트」 기자에 「뉴욕타임스」 편집장을 지냈고, 「해리가 샐리를 만났을 때」, 「시애틀의 잠 못 이루는 밤」, 「유브 갓 메일」, 「줄리 앤 줄리아」 등의 영화를 쓰고 연출하거나 제작한 기념비적인 인물이야.

그녀도 현명하게 내일부터 불행하기로 마음먹고 힘든 시기를 잘 이겨냈어. 그리고 다 지나고 돌아보니 수많은 장애물이 결국에는 더 위대한 성공을 위한 비밀스러운 발판이 되어줬다는 점을 깨달았지. 미국인들은 불행의 탈을 쓴 행복을 '변장한 축복'이라고 한다더라.

그녀는 처음 시나리오를 쓰면서 아무 확신도 없이 고생하고 있을 때 아버지 전화 한 통을 받았어. 임종을 앞둔 작은아버지가 그녀와 세 자매에게 유산을 남겨주기로 하셨다는 내용이었지. 신이 난 노라는 작은 아버지 재산이 한 300만 달러는 되겠지 싶었대. 그러면서 자기한테 75만 달러는 돌아올 거라고 생각했지. 그때가 80년대 중반이었으니까 꽤 많은 돈이었지. 그녀는 소식을 듣고 무슨 생각을 했는지 솔직하게 적었어.

나는 위층으로 올라가 작업 중이던 시나리오를 내려다봤다. 이제 더 이상 시나리오를 안 써도 돼. 그저 돈을 벌려고 하던 일이잖아. 솔직해지자. 어차피 영화로 만들어지지도 않을 거야. 게다가 얼마나 어렵고 힘든 일이야. 나는 컴퓨터를 껐다. 침대에 누워 작은아버지 할이 주신 돈을 어떻게 쓸지 생각했다.

그런데 안타깝게도 그녀가 받은 유산은 75만 달러가 아니라 4만 달러였대. 노다지도 아니었고 일에서 손을 떼고 편안하게 살기에 충분한 돈도 아니었지. 노라는 실망했지만 다른 선택권도 없었어.

시나리오를 끝내고 영화로 만들었다. 내 경험에서 교훈을 얻었다. 그 교훈은 내가 어마어마한 유산을 물려받지 않은 엄청나게 운이 좋은 사람이라는 점이다. 그런 유산을 받았더라면 나는 내 인생의 전환점이 된 「해리가 샐리를 만났을 때」 시나리오를 마무리하지 않았을 것이기 때문이다.

재밌지 않니?

사랑하는 폴, 교사라는 직업이 너를 다른 무엇인가로 이끌어 주지 않을까? 네가 다른 직업을 가졌더라면 도달할 수 없었을 곳으로 말이야. 한 발 뒤로 물러나서 시간을 갖고 지혜롭게 바라보면 불만스럽고 실망스러운 일들이 결국 우리가 발전하는 데 필요한 일이었고 모두 더 잘되려고 일어난 일이었다는 걸 깨닫게 되지 않을까?

그렇게 생각하지 않고 매번 모든 일을 걱정하고 아무 것도 아닌 일에 심란해하며 근심과 책임의 무게에 짓눌려 지낸다면 그 대가를 치르고 매일 매일을 전투에 임하는 자세로 살아야 할 거야.

10
자기 생각과 감정에
귀 기울이기

사람들은 남의 말에 귀 기울이지 않는 것처럼 자기 내면의 이야기도 듣지 않아. 너는 자기 내면의 이야기를 듣는 사람도 많다고 하겠지. 내면의 글을 듣는 사람들도 있어. 정말이야. 하지만 그건 다른 의미잖아.

내가 하고 싶은 말은 우리가 매일 말하는 문장과 흥얼거리는 노랫가락과 머릿속을 맴도는 생각들이 많다는 거지. 우리가 주의 깊게 들여다보지 않는 것들이지만 이것들은 얼마든지 우리를 병들게 만들 수 있어. 말 그대로야, 우리를 아프게 할 수 있다고. 네가 지난 몇 달 동안, 아니 몇 년 동안 되풀이했던 말 중에 여기 속하는 말을 몇 구절 정리해 줄게.

"선생 노릇 때문에 미치겠어!"

"학생이라면 넌더리가 나."

"학교 정책을 못 받아들이겠어!"

폴, 남들이 다 하는 잔소리를 또 반복한다고 싫어하겠지만 네가 너무 쉽게 그런 말을 하는 것 같아서 그래. (말로 형성되고 함양되는) 정신 상태와 질병, 그것도 병중에 최악이라는 암과의 관계를 처음으로 밝혀낸 사람은 해머 박사야. 1935년 라인란트에서 태어난 그는 정신과와 산부인과 전공의가 됐어. 1978년에 그에게 끔찍한 일이 일어나. 열아홉 살 된 아들이 살해당한 거야. 그리고 몇 주 후, 해머 박사는 고환암 진단을 받게 돼.

해머 박사는 암이 생긴 진짜 이유가 뭘까 고민했어. 단순한 우연이 아니라 아들을 잃은 충격으로 암이 생긴 건 아닐까? 자기가 암을 만든 건 아닐까? 감당할 수 없는 슬픔의 결과로 (아니면 형벌로) 암을 자초한 건 아닐까? 깊은 슬픔이 암세포를 만들어 문어발처럼 퍼뜨린 건 아닐까? 그는 과학자였기에 자신의 사례만으로 일반적인 규칙이나 보편적인 법칙을 끌어낼 수는 없었지.

그렇지만 그는 뮌헨병원 산부인과 의사였어. 암에 걸린 여성 환자들이 방대한 표본이 될 수 있었지. 그는 한 명도 예외 없이 모든 환자들이 난소암이나 자궁암, 유방암 판정을 받기 몇 달 전에 남편이 바람을 폈다든지, 이혼을 하자고 했다든지, 아니면 실제로 이혼을 하는 등 엄청난 감정적 충격을 받았다는 사실을 발견했어. 놀라지 않을 수 없었지. 정도의 차이가 있긴 하지만 뇌에서 감정적 충격을 받은 부분에 해당하는 신체 부위에 병이 난다는 점도 발견했어. 그래서 어떻게 되었는지 알아? 그는 암을 극복했어. 그 당시에 이 발견은 상당히 획기적이어서 해머 박사는 병원당국과 각종 마찰을 빚었어.

어쨌든 그의 이론이 사실일까? 모든 경우에? 예를 들어 여덟 살짜리 아이가 백혈병이라고 해보자. 그 아이는 감정적 충격을 받았던 걸까? 그 아이가 자신의 병에 책임이 있는 걸까? 잘 모르겠어. 하지만 확실한 건 **우리의 감정이 건강 상태에 지대한 역할을 한다**는 점이야.

폴, 너도 경험해 봤잖아. 확실히 경험해 봤어. 내가 장담해. 나쁜 소식을 듣거나 실망을 하거나 그것도 아니면 업무적으로 중요한 미팅이나 데이트가 있을 때 가슴이 두근두근하고 배가 아프거나 심지어 토하잖아. 20년 경력에도 불구하고 무대에 오르기 전에 잔뜩 긴장하는 배우들처럼 말이야.

사람들은 해고를 당하거나 이혼, 파산을 하고 나서 경색을 일으키기도 해. 은퇴하고 1년 안에 죽는 남자가 많은데! 그 이유가 뭔지 알아? 자기 자신이 쓸모없어졌다고 느껴서 그렇다더라. 실제로는 훨씬 전부터 그랬더라도 은퇴가 계기가 되는 거지.

또 여행을 가면 처음 며칠은 변비가 생기잖아? 이유는 간단해. 우리의 지성과 문명화 수준에도 불구하고 우리는 결국 동물인 거야! 그런데 동물들은 오줌으로 자기 영역을 표시하고 그 영역 안에서만 똥을 누거든. 여행을 떠나 자기 '영역'에서 멀어졌으니 배설을 참다가 변비가 되는 거지!

그러니 늘 자기 생각과 감정을 주의 깊게 살펴야 해. 그러다가 또 다른 병을 만들지는 말고. 특히 아픈 게 모두 자기 탓이라고 죄책감을 느낄 필요는 없어. 왜냐하면 그러다가 악순환이 되어버리니까. 나쁜 생각을 하고 감정을 잘 다스리지 못해 병이 생겼다는 죄책감은 오히려 병을 악화시키거나 다른 병을 만들거든.

폴, 내가 좀 더 설득력 있는 예를 들어줄게. 티베트의 정신적 지도자인 달라이라마는 『죽음의 두려움을 이기고 더 나은 삶을 살다』에 이렇게 적었어.

최근 부다가야에 들렀을 때 장 경색으로 쓰러졌습니다. 병원에 가는 길에도 배가 극심하게 아프고 땀도 어마어마하게 흘렸지요.

더 읽다 보면 통증의 원인은 궤양 천공이었다고 적혀 있어. 그냥 넘어갈 수 없지. 균형 잡힌 영혼에 현명하고 의식의 깊이가 있는 달라이라마인데 말이야. 만인에 대한 사랑과 연민으로 사는 사람이 있다면 그게 바로 달라이라마일 텐데 말이지. 그렇지만 그에게도 궤양이 생겼어.

난 달라이라마의 사례가 마음에 들어. 아픈 것도 모자라 죄책감까지 느껴야 하는 많은 사람에게 위로가 되거든. 암이나 경색이 왔는데 그게 다 자기 자신 때문이라니! 나약한데다가 에고이스트도 모자라 비굴하게 느껴지잖아…….

계속 더 읽다 보면 달라이라마가 자신의 고통을 어떤 멋진 방법으로 치료했는지 나와. 사랑하는 내 친구 폴, 네게도 꽤 유용할 거야.

부처님이 법화경을 설하셨던 기다하쿠타(영취산 靈鷲山)를 차로 넘었습니다. 그곳 주민들은 찢어지게 가난하지요. (중략) 금속목발에 몸을 의지한 소아마비 소년이 생각납니다. 다리에 녹슨 금속지지대를 하고 있었지요. 아무도 그 아이를 돌보지 않았습니다. 마음이 울컥했지요. 잠시 후 차를 파는 노점 앞에서 앉은뱅이 노인을 보았습니다. 남이 버린 더러운 천 조각으로 몸을 가리고 있었지요. 그 노인을 신경 쓰는 사람은 없었습니다. 병원에서 계속 그 모습이 떠올랐습니다. 나는 치료를 받고 있었지만 그 불쌍한 사람들은 가진 게 아무것도 없었지요. 살을 에는 고통 속에서도 그 사람들 생각뿐이었습니다. 땀이 흥건해져도 마음은 다른 곳에 있었습니다. (중략) 내 영혼은 공포도 불편함도 느끼지 않았습니다.

내가 내 몸 아픈 것에만 신경을 썼다면 상태는 점점 더 악화됐을 겁니다. 연민이 자신을 어떻게 돕는지, 어떻게 육체적 고통을 감소시키고 고뇌를 멀리하게 만드는지 경험을 통해 깨달았습니다. 비록 그렇다고 해서 그 사람들의 상황이 달라지지는 않겠지만요.

연민은 사람을 강하게 만들고 용기를 주며 긴장을 풀어줍니다. 수많은 존재가 겪는 고통을 감싸 안게 되면 당신의 고통은 상대적으로 가벼워질 겁니다!

질병은 (항상 그렇지는 않지만) 종종 제대로 다루지 못한 생각과 감정 때문에 발생하지만 우리가 자주 잊어버리는 다른 역할도 해. 때때로 병은 우리가 전혀 눈치 채지 못한 SOS 신호야. 주위 사람들의 관심을 끄는 (내 생각에는 조금 비싼) 방식이지.

사실 아주 옛날부터 그랬어. 어릴 때 아프면 학교에 가지 않고 엄마나 돌봐주는 사람이 내내 곁에 있잖아. 특별한 애정과 관심을 한껏 받는 거지. 성인이 되어서도 아프면 엄마의 애틋한 마음이나 그와 비슷한 감정을 찾는 게 아닐까?

프로이트는 『일상생활의 정신병리학』에서 낙마사고(요즘에는 교통사고라고 해야겠지)나 사냥하다가 난 사고, 작게는 베거나 데이고 어디 부딪히거나 물건이 떨어져 소리를 지르는 일들이 사고를 가장한 자기 체벌이며 가장 최악은 자살시도라고 했지. 그나마 다행인 건 진짜 자살을 하려는 게 아니라 자살을 가장해 도움을 요청한다는 점이지. 그렇지만 그 사실을 알고 있던 그조차 구조신호이자 절망의 외침, 마지막 전략으로 병을 이용했어.

그래서 리처드 웹스터는 『왜 프로이트는 틀렸는가?』를 통해 이렇게 설명했지.

안나 프로이트가 아버지의 공간에 대해 갖는 추상적인 의존관계는 아버지 자신에 대한 추상적인 의존관계와 관련이 있다. 27년간 부모님 댁에서 살던 그녀는 1923년 베를린정신분석학회로 들어가 실무 경험을 쌓을까 진지하게 고민한다. 딸이 자신을 떠날 것이라고는 전혀 상상도 하지 못했던 프로이트에게 바로 그 시점에 심각한 구강염이 생겼다. 바로 구강암 진단이 나왔고 프로이트는 여러 차례 수술을 받게 됐다. 프로이트에게 발생한 암은 자신과 딸로 하여금 서로 상대방에 대해 품은 감정적인 동기를 기준으로 모든 판단을 내리도록 만드는 계기가 됐다. (중략) 안나는 루 안드레아 살로메에게 '이제 어떤 이유로도 아버지 곁을 떠나지 않을 것'이라고 편지를 보냈다.

프로이트는 비록 의도한 것은 아니었겠지만 자신의 병을 효과적으로 이용했어. 그러면서 하나의 사실을 증명했지. 삶에 있어서 무의식의 역할을 규명하는 실력 좋은 정신분석학 박사가 정신과 심리의 영향을 이렇게 받았다면 우리같이 평범한 사람들은 얼마나 더 그렇게 되기 쉽겠냐는 점이지!

폴, 언제나 네 생각을 잘 살펴야 해. 그렇다고 병은 만들지 말고! 난 내 생각과 감정에 상당히 주의를 기울여. 더 자세히 말하자면 나는 내가 얼마나 활기가 있는지 주의 깊게 살펴. 내 생각에 가장 좋은 건 약간 들뜬 상태 같아. 열광적인 상태라면 더욱 이상적이고. 왜냐고? 곰곰이 생각해 보면 폴, 너도 누군가가 얼마나 활기가 있는지를 보고 그 사람을 판단한다는 사실을 깨닫게 될 거야. 열정적인 사람들은 활기가 넘치지. 그 사람들이 활기가 넘치는 이유는…… 열정적이기 때문이야!

난 내가 부정적인 생각을 하거나 기분이 가라앉거나 조바심을 내거나 욕을 하고 싶어지거나 글쓰기 때문에 진이 다 빠지기 시작하면 바로 그 자리에서 모든 일을 접어. 내가 하던 일을 중단하지 않더라도 결국 병이 나서 쉬게 되더라고. 너도 아마 동의하겠지만 40도가 넘는 고

열에 시달리며 침대에 누워 있는 것보다 해변에서 일광욕을 하는 게 더 좋잖아!

어떤 때는 자기 생각이나 감정도 자기 마음대로 움직이지 않아. 나도 알아. 안 좋은 소식을 들을 수도, 사랑하는 사람이 우리를 떠날 수도, 우리 아이들이 아프거나 사고를 당할 수도, 직업을 잃을 수도 있지. 하지만 우리는 언제든지 냉정함을 유지하고 상황을 객관적으로 바라보고 적절하게 대처해야 해. 했던 말 반복해서 미안하지만 간단히 말하자면 내일부터 불행하도록 노력하라는 거지. 그건 나와 다른 사람에 대한 의무야. '연민의 의무'라고 부르도록 하자.

자신을 잊어버릴 줄도 알아야 해. 그것도 좋은 연습이 될 거야. 자신을 잊다……. 우리에게 걱정거리와 실망과 좌절만을 안기는 작은 자기 자신을 잊는 거야. 아무 것에도 만족할 줄 모르는 작은 자아를……. 그리고 편안하게 있는 거지. 도움을 주는 거야. 그 자체로 고행인 거 나도 알아. 금방 되지도 않을뿐더러 아무리 시간이 흘러도 완벽해지지 않을 거야.

하지만 천 리 길도 한 걸음부터라고 하잖아. 자신의 생각과 감정을 잘 살피다가 우울해지거나 실망을 하거나 충격을 받으면 더 주의를 기울이며 '내 감정과 나 자신 중에 누가 맞는 거야? 누가 내 주인인 거야?' 하며 이렇게 말하는 거야.

"누가 내 인생의 주인이야? 나야 아니면 좀 있으면 웃어넘기게 될 이 일이야?"

폴, 네가 힘들 때 다른 '치료법'을 써봤다는 거 나도 알아. 네가 나날이 힘들어지니 그 '치료법'을 쓸 일도 많아지겠지. 학교에서 오후 3시에 집으로 돌아온 너는 스트레스가 쌓이고 짱났으니(이런 표현을 써서 미안하지만 어떤 의미인지 바로 전달되잖아! 많은 사람들이 쓰기도 하고!) 럼주에 콜라를 섞어 커다란 잔으로 몇 잔이고 마시겠지. 술에 취하면 더 우울해질 거고 소피를 걱정시키겠지. 퇴근해서 남편의 비참한 모습을 본 소피가 '내가 알코올 중독자랑 사는 걸까?'라는 생각을 하지 않겠어?

왜 이런 말도 안 되는 방법으로 도망치면서 상황을 더 악화시키는 거니? 부디 네가 자신의 내면의 소리에 귀를 기울였으면 좋겠다.

11
인간이라는 명사는
복수형이다

　부처님은 "현명한 자는 자신에게 해가 되는 일을 제대로 알고 피한다"고 하셨어. 자기에게 해가 되는 일을 제대로 아는 것까진 그리 어렵지 않지. 하지만 그것을 피하는 건 어렵지. 용기도 필요하고. 하지만 해가 되는 일을 피하지 않고서는 진정으로 변할 수 없지!

　폴, 너에게도 해당되는 일인데, 과음은 피해야 돼. 매일 과음하는 것은 더욱더! 과식도 마찬가지야. 배가 고프지 않은데도 먹거나 몸에 안 좋은 음식을 지나치게 먹는 건 더 나빠.

　넌 불안감을 감추려고 과음이나 과식을 하겠지. 아니면 지루함을 달래려고 그랬든지. 넌 그래서 괴롭고 슬프지만 바꿀 수가 없을 거야.

　쉽지 않은 거 나도 알아. 하지만 정확히, 왜 쉽지 않을까? 왜일까?

우스펜스키는 『구르지예프의 길』에서 인간의 모순에 대한 구르지예프의 생각을 요약해 뒀는데, 여기서 그 대답을 찾을 수 있을 거야.

인간에겐 '자아'가 없다. 생각 하나, 기분 하나, 욕망 하나, 느낌 하나가 '자아'를 말한다. 우리는 매번 이 '자아'가 인간의 전체이자 전부에 속하고 하나의 생각이나 욕망, 반감은 이 전체의 발현이라고 생각하고 싶어 한다. 인간의 생각 하나하나, 욕망 하나하나는 이 전체와는 전적으로 무관하게 나타나 독립적으로 남아 있다.

우스펜스키는 그 밑에 이렇게 덧붙였어.

인간에게는 개인적 '자아'만 있는 것이 아니다. 서로 독립적인 작은 '자아'가 수백수천 개가 모여 인간이 된다. 이 자아들은 서로 모른 척하며 아무런 관계도 맺지 않는다. 아니, 오히려 서로 적대적이고 배타적이며 비협조적이다. 매순간 인간은 '자아'를 말하고 생각한다. 매번 다른 자아이다. (중략) **인간은 다원적인 존재다. 인간이라는 명사는 복수형이다.**

너의 수많은 자아 중에 과식과 과음이 필요한 자아가 있는 거야! 그것도 매일. 그리고 이런 자기 파괴적인 습관으로 고통 받는 자아도 있지. 일반적으로 먹고 마시기 좋아하는 자아가 이기게 돼 있어. 그 자아는 너를 불행하게 만들어. 소피도 불행하게 만들겠지. 만약 언젠가 소피가 그런 네 모습에 지치거나, 먹고 마시기만 하는 자아가 아주 강하고 세져서 다른 자아들을 누르고 네 삶을 파괴한다면 너는 더 불행해질 거야.

그렇기 때문에 많은 사람들이 과식이나 과음, 흡연, 나쁜 남자(여자)를 좋아하는 일, 쇼핑 중독 등이 해가 된다는 걸 알면서도 그만두지 못하는 거야. 그런 자기 모습이 싫어서 그 사실을 잊기 위해 술을 더 마시고 쇼핑도 더 많이 하고 더 먹는 거지!

폴, 사람들은 쇼데를로 드 라클로의 『위험한 관계』에 등장하는 바르몽이랑 비슷한 점이 있는 것 같아. 바르몽은 못 보던 여자가 나타나기만 하면 그녀를 유혹하고 싶다는 충동을 가라앉히지 못하고 "이건 내 능력 밖이야!"라고 외치잖아. 무능력하게 말이지. 아, 모든 의미에서 그렇다는 건 아니야. 흠흠, 그렇지 않길 바라.

내 생각에는 너를 황폐하게 만드는 이 모든 '자아'들은 지난번에 말한 그 '괴물'이 보낸 메시지 같아. 그 괴물은 수단과 방법을 가리지 않고 너를 나약하게 만들려고 하거든. 네가 약해지면 약해질수록 괴물이 너를 통제하기 쉬워지니까.

그러면 어떻게 해야 할까? 포기해야 하나? 아니야, 그 반대야! 예를 들어 술을 좀 줄이려면 어떻게 해야 할까? 술을 단번에 완전히 끊으려고 할 수도 있겠지만 그건 쉽지 않아. 알코올 중독자 치료모임에 들어갈 수도 있겠지. 부끄럽긴 하겠지만 엄청난 용기를 필요로 한다는 점에서 존경할 만한 선택이라고 생각해.

처음 술을 입에 대는 시간을 늦춰봐. 학교에서 돌아오자마자 오후 3시부터 술을 먹지 말고 4시까지 기다려 봐! 럼주 다섯 잔을 마시는 대신에 넉 잔이나 석 잔으로 줄여 봐. 매일 아침 설탕 세 스푼을 넣은 커피 열 잔을 들이키지 말고 다섯 잔만 마셔 봐.

과식을 막으려면 내 방법을 한번 써봐. 설명해 줄게. 나는 과식을 하지 말아야겠다는 의지는 있는데 유혹이 시작되면 힘을 못 쓴다는 사실을 발견했어. 그래서 난 할 수 있는 한 유혹을 피하려고 노력했지. 지난번 편지에서도 한 번 이야기했었지만 난 스낵칩이라면 사족을 못 쓰거든. 스낵칩이 살이 좀 찌잖아. 그래서 스낵칩을 절대 사지 않고 아내나 줄리아를 줄 것만 사(우리의 약점 때문에 다른 사람들이 힘들어하면 안 되니까). 바비큐칩만 사지. 내가 정말 싫어하는 맛이거든. 그래서 바비큐칩이 있어도 난 별로 신경 쓰지 않아. 전설적인 내 '의지'가 시험에 들지도 않고!

그러니까 냉장고를 네가 좋아하는 것만으로 채우지 말라고! 채소를 좀 먹어 봐! 물을 좀 마셔 봐! 중요한 건 처음부터 너무 많은 것을 한꺼번에 이루려고 해서 낙심하지 말고 한 발짝만 나가라는 거야. 느리더라도 확실하게 가야지.

다른 사람들이 일이 잘 풀리지 않는다고 걱정을 하고 망설이며 나쁜 습관에 집착할 때 너는 다른 길을 걷는 거야! 독창적이 되는 거야! 혼미한 네 자신을 흔들어 깨우고, 낡은 옷을 벗어버리고, 네가 바라고 그리는 새로운 자아를 향해 나아가는 거야! 너를 찾아, 진정한 자아를 찾아

끊임없이 앞으로 나아가! 작은 노력이 모여 큰 성과를 가져올 거야.

작은 일을 하나씩 성취하다 보면 커다란 영광을 누리게 될 거야. 사소한 일이라고 하나씩 포기하다 보면 점점 많은 것을 단념하게 되는 것처럼 말이지. 그러니까 올바른 생활습관을 길러 봐! 쾌락을 선호하는 시대에 생활습관을 이야기하니 낯설겠지. 올바른 생활습관으로 자제력을 기르는 게 구식이 된 세상이라 항우울제와 정신병원이 이렇게 유행인지도 몰라!

자제력의 진짜 모습은 우리가 생각하는 거랑 달라. 얼마나 신나는데! 무엇보다 우리를 더 자유롭게 해준다고!

12
불행한 친구가
보내 온 편지

지난밤에 나쁜 꿈을 꿨다. 어린 시절 폴과 내가 나왔다. 일고여덟 살쯤 돼보였다. 우리는 낚시하러 자주 찾았던 프레리 강 강변에 있었다. 폴이 함박웃음을 지으며 나를 꽉 안더니 말했다.

"아듀!"

"무슨 뚱딴지같은 소리야?"

내가 물었다.

"곧 알게 될 거야."

폴이 입가에 미소를 띠고 속삭였다.

그리고는 수수께끼 같은 말을 덧붙였다.

"아스클레피오스에게 수탉 한 마리를 빚졌어. 네가 내 대신 좀 갚아

줘. 넌 내 친구잖아!"

(철학을 공부한 사람이라면) 누구나 알겠지만 이건 소크라테스의 유언이 었다.

꿈에서 나는 폴이 죽었다고, 살해당했다고 생각했다.

다음 장면에서는 어른이 돼 있었다. 전속력으로 차를 몰아 폴이 지 굿지굿해 하는 학교로 찾아가는 길이었다.

교실에 가봤더니 폴이 수업을 하고 있는 게 보였다. 얼마나 안심이 되고 반갑던지 폴에게 달려가서 안고 말았다. 적어도 서른 명쯤 되는 학생들 앞에서 말이다. 학생들은 어안이 벙벙해 했다. 생시 같았다. 학 생들 얼굴도 생시랑 똑같았다. 폴이랑 같이 점심을 먹으려고 학교에 들 를 때마다 학생들의 모습은 눈살을 찌푸리게 했다. 폴이 수차례 말한 것처럼 학생들이 학생답지 않았다. 문신이나 헤어스타일, 귀며 코, 눈 썹 등에 한 피어싱 때문이 아니다. 그런 것들을 봐 넘기려면 너그러운 마음이 필요하지만 우리도 젊었을 때는 비틀즈의 장발을 따라하면서 부모님을 기함시켰었다. 모든 세대마다 개성이 있으니 쓸데없이 흥분 하지 말자고!

내가 가장 놀란 점은 학생들의 무관심이었다. 어떤 학생들은 졸고 있었고 또 어떤 학생들은 눈에 생기가 없었다. 뭐, 원래 생기란 건 찾아 볼 수 없는 학생이거나 바보일 수도 있지만 말이다. 아예 딴짓을 하는 학생들도 있었다. 그 아이들은 책상 앞쪽에 책을 잔뜩 쌓아놓고는 뒤에 서 휴대전화로 끊임없이 문자를 보냈다. 꿈에 나온 아이들은 내가 폴을 안은 모습을 보고 무심히 가만 있지 않았다. 휘파람을 불고 "가서 방을 잡아!"라고 소리치거나 콘돔을 던지는 아이들도 있었다. 끝내주는군!

내가 왜 자기를 안는지 영문을 모르던 폴은 갑자기 생각났다는 듯 이마를 치며 말했다.

"아, 맞다! 그 이메일……. 내가 깜빡하고……."

꿈이 여기서 끝나 폴이 무슨 말을 하려고 했는지 알 수가 없었다.

아침에 눈을 뜨니 기분이 영 찜찜했다. 폴이 아스클레피오스에게 수탉을 한 마리 빚졌다고 한 이야기가 생각났다. 나는 '폴에게 무슨 일이 생긴 거야'라고 생각했다. 그러더니 어제 저녁에 코코뱅(편집자주 : 닭고기와 채소에 포도주를 넣어 조린 프랑스 요리)을 먹었던 게 생각났다. 평소에 새 모이만큼 먹는 내가 좀 과하게 먹었었다. 폴이 한 수수께끼 같은 말이 그래서 나온 거였나 보다. 꿈은 원래 뒤죽박죽이니까!

커피를 한 잔 마시고 이메일을 확인하다가 폴이 보낸 엄청난 메일을 보게 됐다. 얼마나 충격을 받았는지 끝까지 다 읽느라 애를 먹었다. 폴이 보내온 메일은 이랬다.

마크에게

올바른 생활습관으로 기른 자제력과 내 알코올 중독에 관한 이메일을 재미있게 읽었어. 알코올 중독이라……. 내가 이런 말을 하게 될 줄이야.

마크, 네 말이 다 맞아. 다 옳은 말이야. 난 술을 줄여야 해. 많이 줄여야지. 아니, 완전히 끊거나 금주모임에 들어가야 해. 그런데 AA(Alcoholics Anonymous) 같은 금주모임에 들어가려면 기독교 신자여야 하잖아. 내가 그에 대해서 어떻게 생각하는지는 네가 더 잘 알 거야. 게다가 그가 그렇게 좋은 분이라면 이 세상에 알코올 중독자가 왜 이렇게 많은 걸까? 그분의 한없는 자존심을 유지하기 위해 자신의 의지와 운명을 그분의 무능한 두 손에 맡기는 사람들 무리가 필요한 게 아니라면 말이지!

또 갑자기 술을 완전히 끊게 되면 금단현상이 오잖아. 난 안 되겠어. 술을 줄이는 건 못하겠어. 그저 더 마시지 않도록 노력할 뿐이야. 사실 이건 거짓말이야. 줄일 수 있어. 딱 한 시간 동안만. 한 시간이 지나면 그 시간 동안 못 마신 만큼 더 마시는걸. 나는 마크 너처럼 의지가 없어.

네가 좋은 의도를 가지고 내게 여러 통의 이메일을 보내고 인생의 아름다운 원칙에 대해 설명해 줬다는 거 잘 알아. 네 탓을 하려는 게 아니란 점만 알아줘. 이 모든 일에 대한 책임은 나한테, 그 누구도 아니고 오직 나한테 있어. 면도기 소리를 고장 난 엔진 소리로 착각한 너처럼 말이야. 그 이야기는 진짜 웃겼어.

그런데 어제 오후 네가 술과 의지에 대해 정성스럽게 써 내려간 이메일을 읽고 있자니 점점 낙심하게 돼서 결국에는 술을 마시고 취하고 싶다는 한 가지 생각만 들더라고!

나 정말 '굿 잡'을 했어. 사람들이 정성들여 만든 전문가 솜씨를 그렇게 표현하잖아. 내 존재적 갈증(나도 글 좀 쓰지? 안 그래, 마크?)을 풀어주기에 완벽한 럼주와 콜라 칵테일을 싱글도, 더블도 아니고 트리플로 마셨어. 넌 네 말대로 다섯 잔이 아니라 서너 잔을 마셨는지가 중요하겠지! 하루치 럼주 양을 초과하고 싶지 않아서 난 자연스럽게 18년산 글렌피딕으로 넘어갔지. 18년이면 사람으로서는 어린 나이지만 퓨어몰트 위스키에게는 매우 (비싸고!) 감미롭고 성숙한 맛을 보이는 시기야. 넌 술을 마시지 않으니까 무슨 말인지 잘 모르겠지만 내 말 믿어봐!

나는 비탄에 빠진 세련된 남자로서 하잘것없는 것을 최상의 것으로 바꾸고 싶었어. 모름지기 언제나 앞으로 나아가고 삶을 개선시켜야 하잖아, 안 그래? 스카치위스키 세 잔을 비우고 나니 갑자기 좀 서민적인 술이 당겼어. 그래서 맥주 세 잔을 연거푸 마셨지. 스텔라 아르투아 정도는 마셔줘야지. 서민적인 것도 좋지만 내 건강도 좀 챙겨야 하지 않겠어?

소피가 저녁 7시쯤 귀가했을 때 나는 완전히 취했었어. 소피는 금방 알아챘지. 맙소사! 여자들은 언제나 모든 걸 알잖아.

"당신 또 술 마셨구나!"

"아니야!"

난 우겼어. 그런데 일어나서 소피를 안아주러 가는데 비틀비틀하더라고. 부끄러웠지. 그때 소피 눈빛에는 지금까지는 보지 못했고 나를 몹시 불안하게 만드는, 나아가 나를 죽이는 것 같은 무언가가 있었어.

경멸 같기도 했고 포기 같기도 했지. 마치 소피가 "폴은 이제 더 이상 변하지 않을 거야. 변할 거라고 믿었던 내가 바보지. 한번 술을 입에 댄 사람은 절대 끊을 수 없어"라고 혼잣말을 하는 것 같았어. 소피가 내 심장에 칼을 찔렀다고 하더라도 이것보다는 덜 아팠을 거야!

소피가 말을 이었어.

"오늘은 친정에 가서 잘게요. 나 없을 때 생각 좀 해봐요."

뭐라고 대꾸하거나 붙잡을 기운이 없었지.

소피의 충고에 따라 생각을 좀 해봤지. 머리가 맑지 않았어. '술 속에 진리가 있다'는 경구가 생각나서 중요한 일이 생기면 마시려고 아껴둔 보르도 와인을 열었어. 금세 비웠지. 최고급 명품 와인이었는데 말이야. 그러고 나서 보니까 네가 말했던 내면의 자아 무리를 본 건지 모르겠는데, 거실에 사람이 엄청나게 많더라고. 내가 농담할 때 가끔 하는 말처럼 저세상에서 온 것 같은 존재들이 있더라니까. 몇몇은 직장 동료들 같았어. 하하하!

처음에는 그냥 웃었지. 그런데 그중에 한 사람이 나한테 다가오더라고. 겁이 났어. 그 사람이 흉측하게 생겨서 그런 건 아니야. 오히려 멋있었어. 눈을 의심할 정도로 잘생겼는데 나쁜 기운이 돌더라고. 그렇게 나쁜 기운이 전해지는 사람은 처음 봤어. 사람의 모습을 한 악마일지도 모른다고 생각했어. 심장이 멎는 것 같았어. 그저 내가 많이 취해서 그렇다고, 악마가 있다고 하더라도 전 세계를 타락시키는 데 바빠서 나같이 작고 불쌍한 남자를 신경 쓸 여유가 없을 거라고 되뇌었지. 어쨌든 나는 선한 신을 믿지 않는 만큼 악마도 믿지 않으니까. 신과 악마는 어디나 같이 다니잖아. 그런데 등골이 오싹해지는 거야. 그자는 은색 초승달 무늬가 가득한 검정색 튜닉을 입고 있었고 금발머리에 파란 눈은 싸늘했어. 나를 보고 미소를 지으며 이러더라.

"폴, 네게 남은 일이 뭔지 알아? 뭘 기다려?"

무슨 소리냐고 되묻고 싶었지만 그때 전화벨이 울렸어. 소피일 거라고 생각했어. 다시 집으로 오겠다고 전화했겠지. 얼른 전화를 받았어. 우리 아들 샘이었어. 좋은 소식은 아니었지. 법대를 그만두겠다고 하더라고. 9월이면 3학년인데 말이야! 그 아이는 언제나 최고 성적을 받았으니까 난 법학이 그 아이 적성에 맞는다고 생각했어. 맥이 풀렸지. 아들한테 험한 소리를 퍼붓기 시작했어.

"그러다가 네 인생을 말아먹을 거야!"

샘은 내가 취했다는 걸 금방 알아채더니 "적어도 아버지처럼은 안 살 거예요. 꿈을 따라갈 용기가 없어서 지긋지긋한 직장을 계속 다니면서 평생 술만 마셔대진 않을 거라고요!"라고 했어.

"그놈의 꿈 타령만 하다간 굶어 죽을 거야!"

내가 몰아붙였어.

"아버지랑 할 이야기 없어요. 아버지는 알코올 중독자에다가 멍청이라고요!"

아빠한테 그런 말을 하는 자식이 어디 있냐고 하고 싶었어. 하지만 용기가 나질 않았지. 샘의 말이 맞아. 난 알코올 중독자에다가 멍청이야. 게다가 샘이 전화를 끊었거든. 아들을 잃은 것 같았어. 아마 오랫동안 서로 연락이 없겠지. 우리를 연결해 주던 무엇인가가 끊어졌어…….
나는…….

우리 딸 카트린느가 생각났어. 예쁘고 착한 우리 딸, 내 인생의 빛이자 동화 같은 삶을 사는 우리 딸. 너도 알다시피 그 아이는 남자친구와 뉴욕에 살아. 하는 일도 얼마나 멋진데! 지 애비보다 두 배는 번다고! 얼마나 자랑스러운지. 게다가 자기 일을 정말 즐기거든. 나는…… 점점 취하는 것 같아. 우리 집 거실에 이상한 것들이 마구 돌아다니네. 생각을 정리하기도 점점 힘들어. 그래도 유언은 마쳐야 하는데 어쩌지…… 어쩌지…….

카트린느는 더 이상 내가 필요 없을 거야. 알아서 잘 살 거야. 그 아이 엄마랑 내가 헤어지긴 했지만 말이야. 그 아이 인생은 괜찮아. 그게 어디야!

소피가 있지……. 그래도 소피는 젊잖아. 나보다 열다섯 살이나 어려. 내가 사라지면 소피에게 부담스러운 짐을 하나 덜어줄 수 있을 거야. 알코올 중독자 곁에서 나이 드는 게 좋은 자리는 아니잖아. 소피에게 내가 사랑한다고 전해줘. 내 마음 속에는 그녀밖에 없다고, 내 운명적 사랑이었다고. 그래서 내가 떠나는 거야. 그녀가 행복할 수 있도록 내가 사라지는 거야.

내가 악마라고 생각했던 그 이상한 사람이 내 곁에 오더니 물었어.

"그래 이제 준비됐나? 뭘 기다리나? 이게 네 운명이야!"

나의 가장 비밀스런 생각을 어떻게 알았을까? 내가 '선택권을 행사' 하고 싶어 하는 걸 어떻게 알았을까? 내 선택이라는 건, 너도 알겠지만, 브리지야. 우리 부모님이 서로 다투면서 하시던 재밌는 카드놀이를 말하는 게 아니야. 아니, 브리지를 하면서 싸우신 거였던가. 어쨌든 그 다리는…….

자크 카르티에 다리!

그런데 그곳에 가기 전에 네게 하고 싶은 말이 있어. 내가 우울하고 계속 앞으로 나아갈 정신적 용기가 부족한 건 네 탓이 아니야. 넌 네가 할 수 있는 일을 다 했어. 내가 150년 전부터 내 직업을 싫어했기 때문도 아니야(물론 도움도 되지 않았지만). 내가 신과 신이 행한 일에 화가 났기 때문도 아니야. 내가 늙는다는 사실을 받아들이기 힘들어서도 아니야.

내가 바라는 건 말이지……. 내가 진정으로 원하는 건 말이야. 네게 말해줄게. 불가능해 보이고 미쳤다고 해도 어쩔 수 없어. 우리 나이가 되면, 마흔아홉 살이나 먹으면 변하기가 쉽지 않아. 막상 이렇게 말하고 나니 우스운 생각이 드네. 청소년 시절에는 마흔 살이 된 남자한테 삼촌이나 아저씨라고 했는데……. 그것도 '꼴통'이 아닌 사람들한테만! 그런데 쉰 살이라니!

그런데 이것도 내가 하려던 말은 말이야. 나를 미치게 만들고 불행하게 하는 건…… 내가 바라는 건 옛날로 돌아가는 거야. 시간을 뛰어넘는 타임머신을 타고 미래가 아니라 우리가 진짜 '녀석들'이었던 시절로 돌아가는 거야!

이렇게 말하고 나니 눈물이 나네. 그래도 계속 할게. 왜냐하면……
왜냐하면 남은 시간이 별로 없거든. 내가 가야 할 시간이 다가오고 있
어……. 그것도 성큼성큼…….

응. 난 시간을 되돌려 우리가 뒤베르네에서 '녀석들'로 지내던 행복
한 시절로 가고 싶어……. 우리가 여덟 살, 열 살, 열두 살이던 그때, 머
리띠를 하고 방패와 나무창을 들고 군인놀이를 하던 그때, 과수원에 요
새를 만들던 그때, 시몬 아버지가 나무와 포대 자루로 만들어 주신 골
대를 두고 길에서 하키를 하던 그때, 입술이 파랗게 질릴 때까지 물놀
이를 하던 그때…….

내가 원하는 건……. 내가 가장, 정말로, 미치도록, 절망적으로, 말
도 안 되는 일이라는 걸 알면서도 간절히 바라는 건 아버지가 돌아가시
기 전으로 돌아가는 거야! 우리 아버지는 진지한 분이셨지. 너도 기억
하지? 가끔 아버지가 퇴근하고 돌아와 우리한테 "전등 좀 꺼라" 아니면
겨울에는 "창문 닫아라! 온 동네를 덥힐 셈이냐?"라고 하셨잖아.

일요일 아침에 미사가 끝나고 나면 언제나 크루아상을 사주셨어. 여
름이면 골프도 데려가셨지. 난 아버지 골프가방을 끌었어. 아버지는 공
을 참 잘 치셨어. 내 영웅이셨지!

정말 어마어마한 축제인 크리스마스에 자정미사가 끝나면 (어머니는
밤 11시에 여동생들과 나를 깨워 옷을 입히셨어) 우리는 트리 아래에 놓아두
고 3주 동안 지켜만 보던 선물상자를 열어봤지. 트리는 진짜 나무여서

향이 정말 좋았어. 트리를 보면 가슴 벅찰 만큼 기분이 좋았지. 네가 매년 조립했다가 해체하는 그런 플라스틱 트리가 아니었어. 플라스틱 트리는 향기도 없잖아. 요즘에는 자정미사도 가지 않지. 나도 이해해. 자정미사를 보는 신부님이 성폭행으로 신문에 실리는 일이 빈번하니까. 선물도 이미 뭔지 다 알고 있으니 깜짝선물은 무슨! 까다로운 우리는 선물을 미리 다 골라놓거든. 그러지 않으면 실망하거나 환불하러 가야 해. 그런데 내가 무슨 이야기를 하는 거지? 아, 무슨 말을 하려고 했는지 잊어버렸네, 나 원, 참!

나는……. 나는 술을 마신다. 고로 나는 더 이상 존재하지 않는다. 아니, 나는 더 이상 존재하고 싶지 않다고 할까. 모르겠다. 데카르트, 미안해.

나는……. 네가 관심이 있다면 '레스 폴' 기타를 너한테 줄게. 내가 지금 가려고 하는 곳에서는 아마 기타가 필요 없을 거야. 아직 케이스를 못 샀으니 들고 다니기도 쉽지 않을 거고…….

존 레논이나 조지 해리슨을 만나면 '방갈로 빌'이나 '록키 라쿤'을 연주해 달라고 해야지. 그러면 그 사람이 된 기분이 약간이라도 들 거야. 내가 기드온 성경을 읽지도, 아무도 내가 사랑하는 소피를 빼앗아가지도 않았지만 말이야. 내가 소피를 포기한 거야. 그게 훨씬 나아.

그래, 저 위에서 젊은 시절 내 우상인 그들을 만나면 나는 사인을 해달라고 할 거야. 그곳에서는 그들이 더 이상 사인을 하지 않을지도 모르지. 자살한 고등학교 선생에게는 더더군다나 안 해줄 거야.

이제 나는…… 나는 자크 카르티에 다리로 갈 거야. 내가 부른 콜택시가 도착했나봐. 내 차를 타고 가진 않을 거야. 나는 자살을 해도 고상하고 책임감 있게 할 거라고. 나는 죽고 싶은 거지 누군가를 죽이고 싶은 게 아니야!

폴의 이메일은 이렇게 끝났다. 아마 폴이 이미 죽었을 수도 있고, 소피가 친정에서 잔다고 했으니 아직 아무도 어떻게 됐는지 모를 거라는 생각이 들었다. 나는 서둘러 폴의 집에 전화를 걸었다. 아무도 받지 않았다. 짜증만 나게 만드는 바보 같은 자동응답기가 나왔다! 휴대전화로 걸어 봐도 소용없었다. 소피의 휴대전화 번호는 모른다. 확인을 하려면 폴의 아파트로 달려가는 수밖에 없었다.

아파트 벨을 미친 듯이 눌렀다. 한 번 누르고 3초가 채 지나기 전에 다시 눌러댔다. 아무 반응이 없자 나는 무너져 내렸다. 아마도 폴이 실행에 옮겼나보다. 오늘 오후나 내일이면 강에서 폴의 시신이 떠오르겠지. 그렇지 않더라도 폴이 사라졌다고 신고는 해야 해……. 폴이 보낸 끔찍한 이메일을 소피와 경찰에게 보여줘야겠지……. 그리고…….

나처럼 불행한 사람이 또 있을까!

그러던 참에 예상치도 못하게 누군가 현관문 도어체인을 여는 소리가 들렸다. 가슴이 뛰기 시작했다.

13
긴장을 풀면
어깨는 마법처럼 가벼워진다

폴이었다. 폴은 검정과 흰색 줄무늬가 죄수복을 연상시키는 잠옷을 입은 채 눈을 부비며 문을 열었다. 다크서클은 볼까지 내려왔고 머리는 정신없이 헝클어져 있었다. 내가 폴을 깨운 모양이다.

"아, 폴! 네 얼굴을 보니 좋구나!"

탄성이 절로 나왔다.

꿈에서처럼 감격에 겨워 폴을 안았다.

역시 꿈에서처럼 폴은 놀란 것 같았다. 그리고 이마를 치며 말했다.

"아, 제기랄! 그 메일 말이야. 너한테 말하는 걸…… 아니, 너한테 결국 내가 마음을 바꿨다고 하는 메일을 보내야지 하고는 까먹었네. 왜냐하면…… 너도 알겠지만…….”

"내가 얼마나 겁이 났는지 알아? 나는 네가……. 도대체 어떻게 된 건데?"

"그 이야기를 하기 전에 커피 한 잔 마셔도 될까?"

"아, 그럼!"

폴은 커피를 아주 진하게 내렸다. 세 숟갈째 설탕을 넣으려다가 다시 설탕통에 쏟아버리곤 나를 보며 희미한 미소를 띠고 말했다.

"이것 봐. 네 말 잘 듣지? 설탕을 끊었어."

난 얼굴을 찌푸렸다. 폴은 나를 놀리는 거다!

폴이 건넨 커피를 마셨다. 다시 얼굴이 찌푸려졌다. 내 연약한 심장에 과하게 썼다. 게다가 폴이 내 입맛보다 우유를 지나치게 적게 넣었다. 그렇지만 아무 말도 하지 않았다. 폴에게 무슨 일이 있었는지 궁금해서 참을 수가 없었다. 몽롱하면서도 약간은 미안한 기색을 보이며 폴이 말을 꺼냈다.

"어제 자크 카르티에 다리에 갔어. 진짜로 죽으려고 했거든. 근데 막상 뛰어내리려고 하던 참에, 왜 그랬는지는 잘 모르겠는데, 네가 이메일에서 했던 이야기들이 떠오르는 거야. 망설여지더라고……. 네 얘기에 전적으로 동의하는 건 아니지만…… 그래도…… 내가……. 생각해 보니까 네가 나를 이렇게나 생각해 준 것은 내가 너한테 중요하고 아끼는 사람이고 네가 진정한 '녀석들'이라는 뜻인데, 너한테 이런 짓을 할 수 없지 싶더라고."

"아! 그랬구나."

난 짐짓 무심하게 대답했다. 하지만 곧 눈물이 차올라 얼굴을 돌려야만 했다.

나는 커피 잔을 들고 일어나면서 덧붙였다.

"난 우유 좀 더 넣어야겠어."

폴에게 다시는 그렇게 끔찍한 짓을 하지 않겠다는 약속을 받아내고 집으로 돌아오니 '폴한테 계속 이메일을 보내야겠어. 인생은 아름답고 살아볼 가치가 있다고 설득할 수 있을 만한 내용을 써야겠어'라는 생각이 들었다. 한 발 더 나아가 폴이 진짜로 삶이 아름답다고 느끼도록 만들 만한 계기를 마련해 주고 싶었다. 외부적 요인이나 이성적인 방식이 아니라 내면에서부터 그렇게 느끼도록 말이다!

곰곰이 생각해 봤다. 내 안의 스승에게 빌었다. 늘 대답을 주진 않지만 적어도 정말 중요한 이야기를 물어볼 때는 대답해 주신다. 절망에 빠진 친구를 위해 무엇을 해주면 좋을지 묻는 일은 언제나 중요한 일이지 않은가! 그랬더니 문득 짧지만 강한 영감이 떠올랐다.

폴, 우선 고마워! 진심이야. 고마워! 올바른 결정을 했어. 올바른 결정이란 언제나 삶을, 어둠보다는 빛을, 타나토스보다는 에로스를 선택하는 거야. 프로이트도 그렇게 말했을 거야.

아마도 네가 지금과 같은 심리상태로 절망하게 된 건 다른 많은 사람들처럼 그저 단순히 스트레스를 받아서 그런 것 같아. 폴, 네가 생각하는 것보다 훨씬 더 심한 스트레스를 받았나봐……. 많은 사람들이 그러는 것처럼, 오랜 시간 끊임없이 스트레스를 받다보니 스트레스가 없는 게 어떤 상태인지도 까먹은 것 같아! 스트레스 없는 세상은 요원한 것 같고 지금 처한 현실과 너무 다르게 느껴져서 정작 스트레스가 없는 상태가 되더라도 그 사실을 인지하지 못하고 스스로가 미쳤다고 생각하는 거지!

그래, 폴! 네 자신도 모르는 사이에 감당하기 어려울 정도로 스트레스를 받아 네 자신이 누구인지 잊은 것 같아. 모든 일에 잘 웃고 아무것도 아닌 일로 걱정하지 않던 순진한 어린아이이자 '녀석'이었던 네 모습은 오래 전에 사라졌어.

그렇지만 한 가지 해결책이 있긴 하지. 단순하지만 강력한 효과가 있는 해결책이야. 바로…… 스트레스를 받으면 휴식을 취하는 거야!

이 이야기를 하고 있으니 글을 쓰고 싶다며 조언을 구하는 사람들에게 늘 내가 하는 대답이 떠오르네.

나는 간단하게 이렇게 충고하지.

"그럼 쓰세요!"

수업을 마치고 집으로 돌아오면 럼주를 연거푸 마시는 대신 누워서 좀 쉬어 보는 게 어떨까? 나? 난 그렇게 한 지 벌써 몇 년 됐어! 솔직히 말하면 난 거의 중독 수준이야. 쉬면 쉴수록 어떻게 하면 긴장을 더 풀 수 있을까 하는 생각만 하게 되거든. 나한테 에고이스트라고 하는 사람도 있겠지만 사람이라고 정원의 장미처럼 지내지 말란 법이 있나?

나만의 공간에서 햇볕을 쬐고 마음의 소리에 귀를 기울이고. 그러다 보면 다른 사람에 대해서도 지혜롭게 생각할 수 있을 거고 때로는 거친 삶이라는 전쟁에서 승리하도록 도와줄 수도 있지 않을까?

사물의 긍정적인 면을 바라보고, 실수를 웃어넘기며 교훈을 얻고, 거리낌 없이 성취감을 음미하고, 돈을 써야 할 곳에 제대로 쓰며 인색하지 않고, 자신의 단점에 대해 농담도 할 수 있고 남들의 단점에 대해 관대하고, 모든 일에 그리고 아무것도 아닌 일에 걸핏하면 성내지 않고, 잘난 척하지 않고, 조바심내지 않고, 소소한 일상에 감사하고, 한 번 가면 절대 되돌아오지 않는 시간을 헛되이 버리지 않고, 다른 사람은 나와 생각이 다르다는 점을 받아들이고 그들은 언제나 그럴 테니까 내 주장을 좀 누그러뜨릴 줄 알고, 때로는 내가 틀리고 상대방이 맞다고 인정하고, 다른 사람의 행복에 진심으로 기뻐하며 시기하지 않고, 끊임없이 다른 사람을 비판하지 않고, 삶을 즐기고 종국에는 행복해지는 것! 이런 일은 본인이 긴장해서는 절대 할 수 없는 일이니까.

소위 래트레이스(rat race)라는 무한경쟁 시대에 살고 있는 현대인들은 의무, 클라이언트, 상사, 배우자의 노예로 시간의 3/4을 우왕좌왕하며 보내지. 남아 있는 1/4은 잠에게 양보해야 해. 그 시간도 내기 어렵지만 말이지! 이런 걸 삶이라고 한다고!

남들 눈에는 기이하게 보일지 모르지만 긴장을 푼다는 건 가장 감미롭고 우아한 행동이야! 왜냐하면 그건 자기에게 주어진 의무와 근심거리에서 허우적거리지 않고 자기 삶의 주연배우이자 흥에 겨운 관객이 된다는 뜻이니까! 우리가 잘난 척하는 대신에 거리를 두고 자신, 그러니까 거짓된 자아를 바라보면 진정한 자아를 되찾을 수 있을 거야. 자신에게 관대해지고 문제가 생겼다고 기분을 망치지 않을 수 있을 거야. 우리에게는 이 좋은 기분을 유지해야 한다는 의무 하나밖에 없거든!

그러면 인생은 놀이가 되는 거야. 일을 하면서도 책임감이 아무리 우리의 어깨를 짓눌러도 우리는 즐기며 사는 거지. 긴장을 풀면 마법처럼 그 무게가 가벼워지거든. 다른 사람 눈에 아무리 큰 잘못을 하더라도 우리는 웃을 수 있게 되지. 그 사람들은 절대 웃지 않을 거야. 삶을 즐기지도 않지. 자기들이 미국 대통령만큼이나 중요한 책임을 지고 있다고 믿는 사람들이거든!

그런 사람들은 조심스럽게 대해야 해. 난 그런 사람들만 보면 냅다 도망쳐! 그 사람들은 자기 시간이라곤 1분도 없어. 그런 점을 자랑스러워하기도 하지. 왜냐하면 그들은 자기 시간이 없을수록 중요한 사람이고, 멍청이나 별로 인정받지 못하는 사람들만 언제나 자기 시간이 많다고 생각하거든.

플라톤은 서간집에서 "진중한 사람은 진지한 이야기를 진지하게 하지 않는다"고 했어. 그 말을 "진중한 사람은 잘난 척을 하지 않고 행복하게 살아야 한다는 중대한 의무만 인정한다"로 바꿔 보면 어떨까?

자신의 삶을 바라보는 흥에 겨운 관객이 되어 주위 상황이 악화되더라도 늘 진정한 행복을 발견할 수 있는 섬세하고 잘 알려지지 않은 기술에 대해 좀 더 알아보고 싶지 않니?

14
우리 삶을 지배하는
내면의 괴물

    인생은 긴 명상이고 세상은 거대한 신전이야. 단지 대다수의 사람이 모를 뿐이지. 그리고는 부정적인 일에 대해 깊이 생각하거나 나쁜 '만트라(편집자주 : 기도나 명상을 할 때 외우는 주문)'를 반복해서 외우곤 해.

    그들은 줄곧 이런 말만 반복하지.

"잘 안 돼!"

"그 상사는 나만 괴롭혀!"

"직장 다니기가 지긋지긋해!"

"안 되겠어!"

"정부는 거짓말쟁이라고!"

"우리 집사람(남편)은 날 전혀 이해하지 못 해!"

"피곤해, 질렸어!"

이런 말, 이런 만트라를 대수롭지 않게 여기지. 자신의 기분이나 건강상태, 성공, 운명에까지 영향을 미치리라고는 전혀 생각하지 않아. 사실은 이를 통해 우리 삶을 지배하는 비밀스러운 괴물을 키우고 있는데도 말이야. 이 괴물은 불평불만이라는 음악이 들려오면 올수록 쾌재를 부르거든.

만트라……. 흔히 이 단어를 들으면 사람들은 발끈하거나 민머리에 오렌지색 승복을 입고 찬송가를 부르는 하레크리슈나교(편집자주 : 미국에서 일어난 힌두교 종파) 사제를 떠올리지. 그렇지만 명상과 관련된 서적 몇 백 권을 읽고 나서 나는 만트라야말로 거의 모든 현자들이 추천하는 방법이라는 결론을 얻었어.

하지만 우리는 그들의 말을 듣지 않아. 못 들은 척 외면하지. 아니면 내면의 수많은 자아들이 명상은 엉터리 주술이라고 끊임없이 속삭여. 이것도 별로 도움이 되지 않아.

내면의 자아들이 하는 이야기를 듣다 보면 그들은 마치 해변에 걸리버를 묶은 난쟁이들처럼 우리를 마비시키거든. 인간의 조건을 보여주는 그런 모습 때문에 아이들이 걸리버 이야기에 환호하는 건지도 모르겠어!

어느 날, 한 남자네 집 변기에서 물이 샜어. 그는 배관공을 불렀지. 배관공은 잠깐 살펴보더니 "고무패킹이 낡았거나 위치가 틀어져서 물을 내릴 때마다 물이 새는 겁니다"라고 간단하게 설명했어. 그 남자는 의심스러워하며 "좀 더 기다려 보지요"라고 대답했지.

그 배관공이 자신을 속이려고 하는데다가 실력도 없다고 생각한 그는 다른 배관공을 불렀어. 두 번째로 온 배관공도 첫 번째 배관공과 동일한 설명을 했지. 이어 세 번째, 네 번째 배관공도 같은 말을 했어.

아직도 혼란스러운 그 남자는 고집을 부리며 수리를 하지 않았고 변기에서는 계속 물이 샜어. 하지만 누구나 새는 변기를 그냥 둘 자유가 있잖아, 안 그래?

그 남자가 상태를 확인하러 온 배관공들이 모두 같은 설명을 하는 데 질릴 때까지 변기 물은 계속 샜어. 마침내 그 남자는 고무패킹을 교체하고 변기를 수리할 준비가 됐지.

폴, 너는 준비가 됐니?

현자들은 행복의 배관공이야! 그들은 인간의 정신과 행복의 비밀을 연구하느라 일생을 바쳤지. 그런 그들이 동일한 결과를 얻었고 동일한 방법을 추천했어. 행복의 비밀은 단순해. 신의 이름을 반복해서 부르는 거야!

다시 말해 모든 신의 이름인 만트라를 외우는 거지. 만트라는 네 삶을 그릇된 방향으로 이끄는 네 안의 서로 모순된 자아를 하나하나 없애도록 도와줄 거야. 그리고 네가 진정한 자아를 찾도록 도와줄 거야. 아니면 신이거나. 우리 모두의 내면에 사는 신 말이야. 먼 친구 같은 분이지. 우리를 미친 듯이 사랑하는 약혼녀를 우리가 소홀히 대하는 것처럼 우리가 잊고 지내는 분 말이야. 다 추억이 없고 양식이 부족해서 그래!

그래, 나도 알아. 폴, 너는 신을 '위대한 나치'라고 부르지. 그러니 네가 신을 좋아하지 않는다는 건 나도 잘 알고 있어. 네가 그분의 사상을 나열한다면 대부분은 추의 박물관에 쌓아둘 만한 사악한 생각일 거고, 넌 이 세상이 바로 그 추의 박물관이라고 하겠지!

그렇지만 한 번만 더 내가 전에도 이야기했던 이 방법을 임시방편으로 써봐. 네가 아직도 행복하지 않은 걸 보면 네가 시도했던 모든 방법들이 다 실패한 거잖아. 너도 그건 인정할 거야. 그리고 내 생각에 행복해지려면 철학적 진리에 도움을 청하는 게 유일한 방법이라고.

네게 기회를 줘봐! 신에게 기회를 줘봐! 만트라에게 기회를 줘봐! 만트라라면 수천 개가 있어. 나는 '옴 나마 시바야'를 선택했어. '높으신 님 아니면 시바신 앞에서 경의를 표합니다'라는 뜻이야. 시바는 신의 또 다른 이름이야! 너는 다른 만트라를 선택해도 돼. 아니면 만트라가 너에게 오도록 둬도 되고! 그런 일도 종종 있단다…….

알지 못하는 사이에 (기억이 가물가물해서 마치 처음 만나는 것처럼 느껴지는 지인을 만날 때처럼) 네 마음을 사로잡고 네게 친숙하게 느껴지는 만트라가 바로 네 만트라야. 아마 전생에 수십 년간 외우던 만트라일지도 몰라. 매일 밤 신비로운 곳, 현자의 사원이나 비밀스러운 산이나 신을 기리는 수많은 신전을 찾아 열심히 되뇌던 만트라였지만 네가 잊어버린 거지!

처음 명상을 시작할 때는 1분을 넘기기가 힘들어. 운이 따르거나 컨디션이 양호하면 가끔 3분까지 갈 때도 있을 거야. 그 정도 시간이 지나면 집중하는 데 익숙하지 않은 우리 마음은 다른 생각을 하기 시작하지. 장볼 것들이며 전날 있었던 중요한 모임이나 배우자와 다툰 일, 돈 문제를 생각하는 거야. 그래도 괜찮아. 마음이 걷잡을 수 없이 떠돈다 싶으면 차분히 다시 만트라로 마음을 돌려봐. 그리고 명상이 중단됐더라도 효과를 볼 수 있다는 점을 기억해.

인생에서 중요한 일들이 다 그렇듯이, 네 정원에 있는 장미가 그렇듯이, 네 진정한 사랑이 그렇듯이 참을성이 좀 필요해. 만트라를 길들여야 하거든. 생텍쥐페리의 유명한 동화 『어린왕자』에 나오는 여우가 했던 말을 기억할 거야.

"우리는 길들인 것만을 알 수 있어. 사람들은 새로운 것을 알려고 하지 않아. 가게에서 이미 만들어진 물건을 사지. 하지만 친구를 파는 가게는 없다고! 사람들은 이제 친구를 사귈 수도 없게 될 거야(장 피에르 페를랑드가 부른 '서로를 만난 행운'의 가사처럼, 우리 '녀석들'은 운이 좋았지). 만일 네가 친구를 사귀고 싶다면 나를 길들여야 한다는 말이야."

어린왕자가 물었다.

"그러면 내가 어떻게 하면 되는데?"

여우가 대답했다.

"인내심이 필요해. 일단은 나와 좀 떨어진 풀밭에 앉아. 내가 하는 것처럼 이렇게. 내가 너를 살짝 곁눈질로 쳐다보면 너는 아무 말도 하지 말고 그대로 있어. 말은 수많은 오해의 원인이 되거든. 하지만 하루하루 시간이 지날 때마다 넌 내게 조금씩 다가오게 될 거야.

명상과 만트라를 길들이려면 매일 조용한 곳에 차분히 앉아 있어. 같은 장소면 더 좋아. 네가 만트라를 외우면서 생기는 잔잔한 떨림이 그곳에 생기를 전해줘서 만트라를 지키는 신비한 요정들이 이 만남의 장소를 좀 더 쉽게 찾을 수 있거든.

먼저 호흡에 집중해. 호흡은 자유롭게 명상을 할 수 있도록 도와주거든. 들이쉬고 내쉬고……. 호흡이 우리 기분이나 정신 상태에 얼마나 중요한데! 호흡이 찬찬히 진정되면 우리 마음은 차분하게 안정되고 생각도 정리가 되지.

가능한 한 깊이 숨을 들이쉬고 폐를 완전히 비우겠다고 의식하면서 숨을 내쉬어. 그리고 만트라를 반복해서 외워. 끈기를 가지고 외워. 만트라의 힘, 네 인생에서 기적을 행하고 너의 내면을 진정으로 영원히 변화시킬 수 있는 능력은 네가 투자한 시간에 따라 커질 거야.

여우가 어린왕자에게 또 뭐라고 했는지 들어보자.

"너의 장미가 너에게 그토록 중요한 것은 네가 장미에게 들인 시간 때문이야."

차분히 앉아서 명상을 할 시간이 없다면 일상생활 속에서 만트라를 외워도 돼. 이런 걸 '자파'라고 해. 나도 계속 하고 있어. 맞아, 초조해하거나 걱정거리를 곱씹느라 시간도 버리고 기분도 망치는 대신에 만트라를 외우는 거지.

길을 가면서, 요리를 하면서, 정원을 가꾸면서, 밤에 잠이 오지 않을 때도, 공항 대기실에서도, 운전을 하면서 특히 길이 막힐 때 아주 좋아. 그러다 보면 내 안에서 놀라운 변화가 일어나거든. 난 더 이상 다른 차들과 태만한 지방도로관리사무소, 악천후나 사고 몇 건 때문에 신경질이 난 운전자가 아니라 여우 옆에 앉아서 여우를 길들이는 어린왕자가 되거든! 입가에 미소를 띠고 있으니 성마른 다른 운전자들한테는 내가 바보처럼 보이겠지만 나는 갖은 수단과 방법을 동원해서 나에게 명상할 기회를 주신 하늘에 감사해. 기회만 있으면 불평불만을 늘어놓기보다는 이런 노력을 해야 하지 않을까 싶어.

아무 것도 아닌 것 같이 보이는 자파가 얼마나 효과적인지 알면 너도 놀랄 거야. 하루 종일 기회가 있을 때마다 '옴 나마 시바야'을 암송하다 보면 떠오르는 햇살에 흩어지는 새벽안개처럼 실망, 후회, 걱정, 고민거리가 저 멀리 사라지지. 술은 마시지 않았지만 취기가 느껴지기도 하고 가끔은 갑자기 박장대소가 터지기도 해. 전반적으로 우울하고 끊임없이 따지고 타박을 주는 분위기에서는 마음 놓고 웃기도 힘들잖아. 이유 없는 웃음은 마치 범죄처럼 취급받으니까 이제는 사람들이 웃어야 할 때도 웃지 않는 것 같아.

자파를 수행할 때 제일 중요한 것은 일단 시작을 하고 그 뒤엔 꾸준히 수행하는 거야. 네 안의 사악한 자아들이 네가 자파를 수행해 자신들을 파괴하고 몰락시킬까 싫어하고 두려워하더라도 말이지. 네가 명상을 하면 신의 광명이 필연적으로 그들에게 닿게 되는데, 그렇게 되면 그들이 몸을 숨겨왔던 어둠은 사라지고 넌 그들의 패를 볼 수 있을 거야. 마침내 자유로워진 너는 미소 짓겠지!

변한다는 게 쉽지 않은 일인 건 나도 알아. 아마 가장 어려운 일일 거야. 그래도 변화를 바라지 않고 꿈꾸지 않는 사람이 있을까? 과거의 자신과 작별하고 좀 더 발전된 자신이 되는 거지! 걸리버처럼 자신을 구속하고 얽매던 보이지 않는 끈에서 벗어나 인생이라는 위대한 모험을 떠나는 거야!

폴! 교사 생활을 그만두고 은퇴를 하는 대신에 학교를 지겨워하는 너의 작은 자아를 은퇴시키는 편이 훨씬 더 재밌고 유익하고 흥미진진하지 않겠니? 하지만 그렇게 하는 건 아마 세상에서 가장 어려운 일일 거야. 그 일은 상당히 예민한 작업이고 '작은 죽음'을 받아들여야 할 테니까. 쾌락의 절정을 말하는 게 아니야. 마치 이제는 작아서 더 이상 맞지 않고 죄는 옷을 벗듯이 네 정체성에서 벗어나도록 도와주는 내면의 죽음을 말하는 거지.

사랑하는 내 친구 폴! 물이 새는 변기 이야기를 생각해 봐. 그리고 딱 한 번만 네 오랜 친구의 이야기를 들어줘. 특히 행복의 배관공의 충고를 말이야.

방금 네게 한 이야기가 나쁜 의미에서 다소 난해하고 이상하게 들릴 수 있다는 거 알아. 그렇지만 네 안에는 이 이야기가 진짜라는 사실을 아는 네가 있을 거야. 그게 바로 진짜 너야! 그의 말을 들어. 그의 중얼거림에 마음을 열고 귀를 기울여 봐!

나를 위해 그리고 네 자신을 위해…….

15
아직 일어나지 않은
일에 대한 걱정

사랑하는 내 친구 폴, 네게 편지를 쓰려던 참에 전화벨이 울렸어. 우리 친구 시몬이었지.

"마크, 잘 지내?"

시몬이 물었어.

지극히 평범한 질문이었지만 뭔가 이상하다는 느낌이 바로 들었어. 무슨 전조 같은 것 말이야. 왜냐고? 왜냐하면, 아마 너도 알고 있겠지만, 시몬은 형식 같은 것을 챙기는 친구가 아니잖아. 시몬이 예의가 없어서가 아니라 워낙 바쁘고 신속하게 일을 처리하는 편이니까. 보통은 싱거운 농담을 하거나 주저하면 안 될 것 같은 말투에다가 서두르는 품새에 그 친구가 얼마나 일이 많은지 어림잡곤 하잖아.

시몬은 항상 "오늘 저녁 5시에서 7시까지 시간 되냐?" 아니면 "내일 점심 같이 먹을까?" 이렇게 묻지. 우리가 가타부타 대답을 하고 약속장소를 정하면 시몬은 바로 전화를 끊잖아. 그런데 이번에는 시간이 좀 있어 보였어. 아니, 아주 여유로워 보였지. 글쎄, 나한테 잘 지내냐고 물었다니까!

나는 시몬의 질문과 그 어조에 놀랐어. 내가 통화를 할 수 있는지 확인하는 거였어. 시몬의 전화가 방해가 되긴 했지. 너에게 이메일을 쓰려던 참이기도 했지만 무슨 이야기를 어떻게 해야 할지가 명확했거든. 그럴 때는 누구나 방해받고 싶지 않잖아. 내 직업이 작가지만 영감이 매일 오는 것도 아니고……. 작가라는 직업은 범선이랑 비슷하지. 멋진 범선이 있어도 바람이 있어야 항해를 할 수 있으니까!

"응, 잘 지내. 너는 어때?"

"나도 잘 지내."

그러더니 다시 고쳐 대답했어.

"아니, 잘 못 지내."

"제시카가 돌아오지 않았어?"

"응."

"이야기는 해봤어?"

"아니. 음……. 사실, 했어."

"아……. 제시카는 좀 진정됐나 보네."

시몬은 잠깐 망설였어.

"응."

하지만 시몬이 "아니"라고 고쳐 말하고 싶은 게 느껴졌어. 순간 시몬이 그저 나를 만나고 싶은 것인지도 모르겠다는 생각이 들더라. 시몬에게 자주 있는 일은 아니지만 외로운 것 같았거든. 누군가 그를 떠나는 일도 그에게 자주 있는 일은 아니지. 늘 시몬이 먼저 싫증내는 쪽이었으니까. 언젠가 나한테 자기는 이 상태를 '타인의 방정식'을 도출했다고 부른다고 하더라고.

타인의 방정식이 뭐냐고? 시몬 말을 빌리자면 상대방이 무슨 행동을 할지, 무슨 말을 할지, 무슨 생각을 할지 다 내다보게 되는 거래. 침대 안에서나 침대 밖에서나. 그러고 나면 시몬처럼 언제나 새로움을 추구하는 사람은 이제 죽을 만큼 지겨워지는 거지. 하지만 무슨 일에나 처음은 있는 법이니까…….

친구가 책보다 중요하다는 생각이 들었어. 그 책이 친구를 위해 쓰고 있는 책이라도 말이야. 그리고 시몬은 대단한 워커홀릭이어서 이번 주에도 어마어마한 양의 일을 했을 텐데 오늘은 금요일이니 기분 전환도 할 겸 한 잔 하러 가고 싶은 것 같았어. 그런데 나는 지난 몇 주 동안 글을 쓰느라 신경이 예민해져서 생긴 피로를 풀려고 며칠 여행을 떠나려고 했었거든.

"너 지금 어디야?"

내가 물었어. 친구라면 마땅히 그래야 하니까. 안 그래?

"어, 동네 철물점이야."

처음에는 농담인 줄 알았어. 시몬이 철물점에 있다고? 시몬은 손재주라고는 없는 친구잖아. 무슨 일만 생기면 즉각 사람을 부른다고. 심지어 전구 하나 사본 일이 없을걸?

나는 채근하지 않고 그러냐고만 했어. 철물점에 있다니까 놀랍기도 하고 무슨 일인지 궁금하기도 했지.

"뭐 좀 살 게 있어서."

내가 미심쩍어하는 걸 눈치 챘는지 시몬이 이렇게 덧붙였어.

"우리 집에 와서 한 잔 할래?"

"음…… 아니야……. 나는…… 그냥 네 소식이 궁금해서 전화했어."

시몬이 내 소식이 궁금해서 전화했다고? 내가 더 궁금해지는걸.

"고마워. 난 잘 지내."

전화기 저편에서 한동안 침묵이 흘렀어. 평소에는 그렇게 말이 많은 녀석이…….

"내가…… 내가 다시 전화할게. 다른 전화가 들어와서……."

"알았어."

시몬은 그렇게 전화를 끊었어. 뭔가 이상했지. 짧은 통화였지만 전혀 시몬 같지 않았거든. 특별한 이유 없이 전화한 거며 주저주저하는 말투며 (그 자체로도 놀랍게) 철물점에서 전화를 건 거며 모두 다 말이야. 나는 다시 네게 편지를 쓰기 시작했지.

몇 분이나 지났을까? 갑자기 이상한 느낌이 들었어. '시몬이 폴과 같은 마음을 먹은 게 아닐까? 괴테의『젊은 베르테르의 슬픔』이 자살 열

124

풍을 몰고 왔듯이 내 주위에 자살기도 바이러스가 떠도는 건 아닐까?'
이유는 모르겠지만 내 마음속 깊은 곳에서 내게 그런 경고를 보낸 것
같아. 갑자기 다이애나가 생각났거든. 발코니에서 목매서 자살한 젊은
시절 내 여자친구 말이야. 시몬도 밧줄을 사서 자살하려고 철물점에 들
른 게 아닐까?

　다이애나는 진짜 자살하기 전에도 수없이 자살기도를 했었어. 손목
을 그은 흉터도 세 군데나 있었지. 참 예쁜 아이였는데……. 사냥의 여
신 다이애나처럼 사냥을 하지 않아도 모든 남자들이 그녀를 탐냈지. 자
살하기 전에 다이애나가 내게 전화를 걸었던 일이 생각났어. 하지만 그
때 난 그녀의 전화가 우리의 위태로운 사랑의 바다에 던진 구조신호를
담은 병이라는 사실을 몰랐었지.

　우리가 일주일간 거리를 두고 생각해 보기로 한 지 얼마 되지 않았을
때였어. 우리 커플과 미래에 대해 생각해 보기로 했었거든. 조용히 각
자 생각을 해야지 우리 사랑이 어떻게 될지 알 수 있을 것 같아서 일주
일 동안은 절대 서로 말을 하지 않기로 했는데, 그 약속을 다이애나가
깬 거야.

　"마크, 넌 우리가 같이 사는 게 왜 싫어?"

　다이애나는 단도직입적으로 물었어. 사랑하는 사이에는 그래야 하
지만 보통은 차마 그러지 못하잖아. 그런 과감한 질문에 대한 대답을
들을 준비가 돼 있는 때는 없으니까.

　나도 시비 거는 건 잘하니까 이렇게 대답했지.

"일주일간 그 이유를 생각해 보기로 한 거 아니었나?"

"맞아. 그런데 나흘이 지난 지금 넌 이미 그 이유를 알고 있지 않아? 아니야?"

다이애나 말이 맞았어. 난 그 질문에 대한 대답을 알고 있었지만 차마 말로 할 수 없었어. 우리가 만나기 시작한 지 몇 주 만에 난 '우리는 오래가지 못할 거야. 다이애나를 미치도록 사랑하지만 너무 불안정해. 저런 여자가 어떻게 좋은 엄마가 되겠어?' 하는 생각을 했거든. 우리는 정말 불같은 사랑을 했지만, 그래서 더 슬프지만 어쩔 수 없었어.

내가 지나치게 이성적이었는지도 몰라. 난 그녀를 진심으로 사랑한다고 생각했었지만 말이지.

어쩌면 아이를 가졌다면 모든 게 바뀌었을지도 몰라. 다이애나가 나쁜 습관을 고치고 바르게 살아야겠다는 멋진 의무를 스스로 지려고 했을지도 모르지. 왜냐하면 그녀가 한 생명을 탄생시킨다면 그 아이에 대한 책임이 있으니까. 다이애나가 서른네 살이라는 젊은 나이에 목숨을 끊은 것은 그 때문이었는지도 모른다는 생각이 들어. 아이가 없었거든.

어떤 남자도 다이애나와 아이를 낳고 싶어 하지 않았기 때문이지 다이애나에게 청혼하는 남자가 없었던 건 아니야. 그녀에게 정말 짜증나고 괴로웠던 건 남자들을 유혹하는 천부적인 재능이 오히려 자신에게는 독이 되었다는 점이야. 결과적으로 더 많은 남자에게 버림받은 셈이거든!

다이애나는 자기가 원하기만 하면 모든 남자를 가질 수 있었으니 많은 여자들이 그녀를 부러워했을 거야! 불행은 다이애나가 모든 남자를 가질 수는 있었겠지만 그들을 자기 곁에 남아 있도록 할 수는 없었다는 것이지!

다이애나가 집요하게 질문했지만 나는 대답은 않고 다른 걸 물었어.

"근데 너 어디야?"

"호텔."

난 '다이애나가 진지하게 생각해 보려고 여행을 갔나보군' 하고 생각했지. 그렇게 생각하는 편이 편했었나봐.

그때 다른 전화가 들어와서 다시 전화하겠다고 했어. 다이애나는 별말 하지 않았지.

그런데…… 30분쯤 지나서 다이애나가 묵은 호텔이 몬트리올에 있고, 그 여행이…… 사실은 세상을 떠나는 엄청난 여행이었다는 사실을 알게 됐어. 적어도 다이애나는 그러길 바랐지!

절망해서 삶을 마감하기로 마음먹은 다이애나는 셔브룩 가에 있는 리츠 호텔에 방을 빌렸던 거야. 마지막 가는 길을 꽤 신경 써서 골랐더라고. 나와 통화를 했는데 원하던 대답을 듣지 못하니까 메스를 꺼낸 거야. 치과의사였으니 메스는 있었겠지. 그리고는 손목을 그었지. 그런데 막상 벽으로 피가 튀는 모습(병원에 찾아갔더니 자기가 다 설명해 주더라고, 아주 생생하게!)을 보니 공포가 엄습해 와 마음이 바뀌더래. 그래서 직접 119를 불렀대. 내 전화번호보다 훨씬 쓸모가 있는 번호지. 그리곤 수건으로 지혈을 하곤 바로 기절했대.

시몬이 철물점에서 나에게 전화를 한 것도 은밀하게 절망스러운 마음을 전하려고 했던 게 아닐까? '마크가 내 비밀스런 의도를 알아차린다면 나는 살 거고 아니면 죽을 거야!' 이렇게 생각한 걸지도 몰라. 맞아, 분명해! 이렇게 어렴풋한 옛날 일이 떠오른 것도 우연이 아닐 거야.

나는 벌떡 일어나 시몬이 사는 우트르몽 베르나르 가의 철물점으로 달려갔어. 입구 계산대에 있던 심각한 인상의 60대 남자가 인사를 하더군. 청구서를 잔뜩 쌓아놓고 들여다보는 걸 보니 사장인 듯했어.

그가 나른한 목소리로 물었어.

"뭐 드릴까요?"

"아, 제 친구가 한 시간 전쯤 여기 들렀는데요, 그 친구가 밧줄을 샀는지 궁금해서요."

사장은 무슨 소리인가 싶어 눈이 동그래졌어. 내가 생각해도 이상한 질문이었지.

"한 시간 전 일이면 내가 어찌 알겠소? 그 친구한테 직접 물어보지 그러쇼."

"연락이 안 돼서 그럽니다. 제가 밧줄을 사다 주기로 했는데 약속시간에 엄청 늦었거든요. 그래서 직접 사러 오진 않았나 싶어서요. 굳이 밧줄을 또 살 필요는 없으니까요."

약간 기교를 부리기는 했지만 그래도 기발한 아이디어다 싶어 속으로 미소를 지었지. 작가로서 내 상상력이 일상생활에서도 쓰일 일이 있다니까!

그래도 사장은 의심스러운 눈초리로 나를 바라보더니 고개를 저으며 퉁명스럽게 대답했어.

"이봐요! 매 시간 수십 명의 손님들이 들른다고……."

사장은 다시 청구서 더미로 고개를 돌렸지. 시간낭비였어. 좀 전에 실용적인 기능도 있다면서 대견해했던 그 상상력이 나를 가지고 논 셈이지.

결국 난 앞뒤를 맞춰보기로 했어. 논리적 사고는 꽤 쓸만하거든. 아니, 언제나 효과적이지.

시몬이 왜 자살하려고 할까? 이별의 상처라면 예전에도 겪어본 적이 있잖아. 심지어 전문가 수준이라고. 하나 더하고 덜하다고 다를 게 있겠어? 왜 그런지는 모르겠지만 난 시몬이 제시카를 진심으로 사랑한다고 생각하지 않았거든. 제시카가 시몬을 찼고 시몬은 자존심에 상처를 입었다. 더 이상 뭐가 있겠어?

시몬은 제시카가 그저 지나가는 여자라고 수차 말했거든! 사샤 기트리가 연극 「보마르셰」에서 주인공 보마르셰를 통해 했던 재담까지 인용했다니까. "남자가 자기랑 같이 자니까 자신을 사랑하는 건지, 사랑하니까 같이 자는 건지 궁금해 하는 여자들이 있다"고들 하잖아. 보마르셰는 남녀 사이의 까다롭고 해묵은 질문에 "남자는 그 여자와 같이 자기 때문에 그녀를 사랑한다. 그녀가 방문을 잠그면 그는 마음의 문을 닫을 것이다"라고 대답했다고 말한 게 바로 시몬이라니까!

철물점을 나가려던 참에 붉은 머리에 푸른 눈을 지닌 젊은 직원이 나를 붙잡았어. 아마도 사장이랑 한 이야기를 들었던가봐.

"마크 피셔 씨 맞으세요?"

"그런 날이 있지요."

그는 씨익 웃더니 말을 이었어.

"선생님의 『게으른 백만장자』를 읽고 제 인생이 변했다는 말씀을 드리고 싶어서요. 정말 감명 깊게 읽었어요."

그는 철물점을 한번 쓰윽 둘러보더니 이 말을 해도 되겠다 싶었는지 이렇게 덧붙였어.

"평생 여기서 일하지는 않을 거예요. 우선 여기서 일하면서 기회를 기다리고 있어요. 5년 안에 백만장자가 될 거예요!"

"진심으로 바라면 성공하지 못할 이유가 없을 겁니다."

"감사합니다. 저는……."

나는 잠깐 망설이다가 그 직원에게도 시몬이 밧줄을 샀는지 물어보기로 했어. 내가 작가라는 사실을 아는 사람이니 질문이 좀 독특해도 이해하겠지.

"저기, 한 시간 전쯤에도 여기서 일을 하고 있었는지 모르겠는데……. 내 친구가 자살하려고 하는 것 같아서요. 혹시나 밧줄을 사러 여기 들렀나 싶네요. 밧줄로……. 무슨 말인지 알겠지요?"

"네. 어떤 분인지 설명을 해주시겠어요?"

"음…… 40대에 키는 큰 편이고 거의 대머리에다가 잘생겼고……."

"정장에 넥타이를 매셨나요?"

"아, 맞아요! 아마 그랬을 거예요. 기억이 나세요?"

"네, 제가 물건을 찾아드렸어요."

"그 친구가 밧줄을 샀나요?"

"아, 아니요……."

"아!"

다행이었다. 내가 무슨 생각을 한 거야!

젊은 직원은 시몬이 무엇을 샀는지 알려줬어.

"그분은 수영장 청소기용 호스랑 절연테이프를 사셨어요!"

그 말을 듣고 나는 철물점을 나왔어. 차에 타자마자 이마를 쳤지. 아, 내가 바보였어! 왜 이 생각을 지금에야 했을까? 시몬은 호스와 테이프로 새로 산 포르쉐 머플러랑 연결해서 일산화탄소로 자살하려는 거야. 포르쉐가 멋진 차인 건 알았지만 주인에게 자살충동까지 불러일으키는 줄은 몰랐네! 그렇지만 아직 시간이 있을지도 몰라. 시몬이 행동으로 옮기기 전에 망설일 수도 있으니까.

네게 있었던 일이 또 반복되다니……. 나는 시몬의 집까지 빛의 속도로 차를 몰았어. 현관 벨을 눌렀지. 아무 반응이 없었어. 차고에 있을지도 몰라. 하지만 창문으로 들여다보니 차고에는 차가 없더라고.

나는 안도하고 숨을 돌릴 수 있었지만 확실하게 하고 싶어서 정원으로 가서 수영장 청소기를 찾아 호스를 살펴봤지. 그 호스는 낡고 여기저기 구멍이 났더라고!

침착한 성품이 얼마나 유익한지 늘 입에 달고 사는 내가 짧은 시간이지만 부끄럽게도 완전히 정신줄을 놨다고 인정해야겠어. 우리가 걱정하는 일 중에서 열의 아홉은 실제로 일어나지 않는다는 점을 똑똑히 확인했어!

16
현재에 완전히
집중할 수 있다면

'현재에 충실하라'고 말하는 것이 유행이야. 행복을 파는 사람이라면 누구나 내거는 표어가 됐지. 슬로건으로나 삶의 철학으로나 괜찮은 문구인 건 사실이잖아! 모든 사람이 동의할 거야! 아무리 상업적인 냄새가 배었더라도 좋은 점은 인정해야지! 단지 "부자되세요!"나 "물질적인 것에 집착하지 마라!"는 말처럼 허망하고 하나마나한 말이라는 게 문제지.

하지만 어떻게 해야 할까? 그게 어렵다는 거야! 폴, 근데 내가 네게 하려던 말이 정확히 뭐였더라? 아! 맞아, 생각났어. 현재에 충실하려면 두 가지 전제조건이 있어. 우리가 쉽게 간과하는 첫 번째 조건은 안정이야. 내가 말하는 안정은 먼저 단순한 물리적 안정이야. 물리적으로 안정되지 않으면 정신적으로도 안정되기 어려우니까.

예를 들어 너처럼 매일 커피를 열 잔이나 들이키면 현재를 음미하기 위해 꼭 필요한 물리적 안정을 쫓아버리는 셈이지. 어떤 음식을 먹을 때든 소금을 뿌려대는 네 식습관도 별로 좋을 게 없어. 소금은 혈압을 상승시키고 사람을 불안하게 만들거든. 걱정이 많으면 잠이 안 오는 것과 마찬가지야.

너는 아침에 눈을 떠 정신을 차리고 머리가 돌아가게 만들고 무기력증을 쫓으려면 자극적인 카페인이 필요하다고, 그나마도 없으면 소금 간 없는 음식처럼 삶이 너무 지루하고 무미건조하다고 항변하겠지.

하지만 그런 자극은 가짜야. 전력질주랑 똑같아. 결국에는 지쳐버리거든. **"올바른 생활습관을 길러라"** 이 말을 다시 하고 싶네. 네 삶의 주인이 누구야? 커피야, 너야? 소금이야, 너야? 커피 열 잔을 마시는 대신 10분간 요가를 하고 커피는 한 잔만 마신 뒤 그 차이를 느껴봐!

그런데 삶을 변화시키고 네가 하는 거의 모든 일에 애정을 갖도록 만드는 또 다른 비밀이 있어. 분야를 막론하고 위대한 업적을 이룬 모든 사람들의 공통된 비법이 뭔지 알아? 바로 여기, 현재에 충실하기 위한 두 번째 조건이 있지. 바로 집중하는 거야!

공식은 간단해. 집중할수록 현재에 충실하게 되는 거야. 그리고 현재에 충실할수록 애정을 갖고 살게 되지. 남녀 간의 애정이 아니라 삶에 대한 사랑을 말하는 거야! 왜냐하면 집중을 하면 단순하면서도 신비로운 기적이 일어나 전혀 (아니면 거의!) 지루하지 않고 지금 하는 모든 일을 사랑하게 되거든! 지금까지 더할 수 없이 진부하게 보였던 일이라도 말이지…….

네가 지겨워하는 교사생활이 일례가 되겠구나! 너는 지루하다는 게 어떤 상태를 말하는 것인지 모두 잊고 아주 먼 추억으로만 기억하겠지. 네 사전에서 그 단어를 지워도 돼. '지루함'이라는 단어('혐오하다'라는 의미의 라틴어가 어원이야)는 우리가 어떤 일을 할 때 그 일에 완전히 몰입하고 열중하지 않았기 때문에 그 일을 좋아하지 않고 진저리를 치고 조바심 내는 걸 말하거든. 그래서 우리가 관심 없는 영화를 볼 때나 싫어하는 사람과 있으면 지겨운 거지. 그래서 마음에 들지 않는 일을 할 때는 그 시간이 길게 느껴지는 거고.

마음에 들지 않는 일이라고 하니 떠오르는 게 있니, 폴? 반대로 신나는 영화를 볼 때나 흥미로운 책을 읽을 때는 시간이 얼마나 빨리 가는지! 한 시간이 1분 같고 하루가 한 시간 같지! 흔히 시간이 어떻게 지나갔는지 모르겠다고 하잖아. 놀랍게도 근심, 걱정, 불안은 싹 다 잊어버리고……. 그게 바로 현재에 충실한 거야! 얼마나 매력적인지!

집중과 현재에 충실한 능력 사이의 연관성을 깨닫게 해준 사람은 내가 스무 살 때 요가를 배우면서 친해진 제르맹 미예트라는 친구야. 그가 바스 로랑티드의 작은 마을에서 알게 된 한 독특한 인물에 대해 이야기한 적이 있어. 그 사람의 신분을 보호하기 위해 임의로 X라고 하자. 내가 X를 개인적으로 만난 적은 한 번도 없지만 내 친구 제르맹의 말은 믿을 만해.

X는 치료사였는데, 사람들이 언제 죽을지 내다보거나 동물이나 사물을 마음대로 조종할 수 있었대. 내가 들었던 이야기 중에 놀라운 예를 몇 개 들어줄게.

어느 날 마을에 있는 성당 내부에 새로 페인트칠을 하고 있었는데 새두 마리가 날아 들어와서 일을 망쳤대. X의 불가사의한 능력에 대한 소문을 들은 신부가 X에게 도움을 청했지. X는 사람들을 도와주는 일을 마다하지 않는 사람이어서 바로 성당으로 갔어. X는 말썽꾸러기 새들을 보더니 무슨 대단한 기술을 쓰는 것도 아니고 그냥 아이들한테 이야기하듯이 새들을 혼내더래.

"너희들이 지금 하는 일은 옳지 않단다. 신부님을 괴롭히고 있잖니! 용서를 구하고 싶으면 신부님 오른쪽 어깨로 날아가 앉아라."

그랬더니 새들이 바로 신부에게 날아가 X가 지시한 대로 오른쪽 어깨에 앉았대. X의 기이한 능력에 깜짝 놀란 신부는 앞마당으로 나가 새들을 날려 보냈지. 그러더니 은혜를 베풀어준 X에게 감사의 마음을 전하기는커녕 오히려 꾸짖더래. 누가 짐작이나 했겠어?

"넌 악마의 말을 하는구나! 악마에 씌었어!"

이상하게도 사람들은 가끔 자신의 부탁을 들어준 사람에게 제대로 감사할 줄 모르는 것 같아.

"다시는 내 성당에 발을 들이지 마라!"

신부는 노여움을 가라앉히지 못하고 소리쳤대.

"무슨 말씀이십니까? 제가 신부님을 도와드렸습니다. 문제를 해결해 드렸는데 고맙다는 말씀을 이렇게 하시는 겁니까?"

X는 배은망덕한 신부한테 놀라서 물었지. 하지만 기본적인 예의도 없는 신부는 뜻을 굽히지 않았고, X는 거추장스러운 새들을 내보내러 왔던 그 성당에 다시는 들어갈 수 없게 됐지.

마음이 상한 X는 신부에게 교훈을 주고 싶어서 이렇게 경고했대.

"다음주 일요일 강론 중에 실수로 강론문을 떨어뜨리고는 찾지 못하실 겁니다. 그리고 미사가 끝나면 마을 전체를 한 바퀴 돌면서 신도들에게 사죄의 절을 하셔야 할 겁니다!"

신부는 가소롭다는 듯이 어깨만 으쓱하고는 X의 말에 전혀 신경을 쓰지 않았대. 그런데 다음 예배일에 신부가 정말로 강론문을 떨어뜨렸다는 거야. 한참을 찾아도 강론문이 나오지 않자 신부는 당황스러워하다가 결국 포기했대. 강론문이 없으니 강론도 마무리하지 못하고 다시 제단으로 돌아가 어리둥절한 신도들 앞에서 미사를 마무리했지. 근데 그 강론문은 도대체 어디로 간 걸까? X가 경고한 대로 신부는 미사가 끝나고 신자들의 집을 일일이 찾아가 절을 했대! 신부가 신도들 앞에서 바보같이 헤맨 사건이 X가 벌인 일이라는 소문이 마을에 삽시간에 퍼졌지.

X의 신기한 능력을 보여주는 일화는 또 있어. X는 매일 산책을 하는데, 어느 날 경찰서장 집 앞을 지날 때였어. 그 집 개는 경찰견, 아니 셰퍼드라고 하자. 아무튼 경찰서장은 그 개를 마당에 풀어놨는데 X가 지나가니까 쫓아가서 심하게 으르렁거리면서 날뛰더라는 거야. 마당에서

앞치마를 두르고 바비큐를 굽던 경찰서장은 그 모습이 재밌었는지 그저 히죽거리며 보고만 있었어. 그 뒤에 벌어진 일은 그렇게 재밌지 않았겠지만.

사납고 커다란 셰퍼드였지만 X는 전혀 겁먹지 않은 채 태연하게 말했어.

"사람이 지나가는데 그렇게 날뛰는 건 나빠. 무례함에 대한 벌로 저기 전신주에 가서 세 바퀴를 돌고 와 주인 옆에 가서 얌전히 앉거라."

그 셰퍼드는 마치 꼭두각시마냥 X의 말대로 움직였대. 경찰서장은 놀란데다 모욕을 당한 기분이었겠지. 원래 그 개는 그 마을을 좌시우지 하던 경찰서장, 바로 주인 말만 들어야 했으니까! 그런데 지나가던 낯선 사람이 시키는 대로 다 한 거지! 경찰서장은 입맛이 썼겠지만 어떻게 하겠어?

장난기 많은 X는 축제 때도 놀라운 기술로 장난을 치며 즐거워했대. 100달러짜리 지폐를 탁자 위에 놓고 사람들에게 소리쳤대.

"이 돈은 먼저 주워가는 사람이 임자입니다!"

당연히 모든 사람들이 지폐를 향해 손을 내밀었지. 그런데 아무도 지폐를 집지 못했대. 마치 신비로운 힘이 그들을 막는 것처럼 말이야. 결국 X가 지폐를 다시 집어들며 사람들을 놀렸대.

"아무도 원하지 않으시는 것 같으니 제가 다시 갖지요!"

X의 불가사의한 힘에 대한 다른 이야기를 들려줄까?

X는 탁자 위에 펜을 똑바로 세우고 다른 손으로 펜 위에서 원을 세

번 그리면서 펜한테 "1분 후에 잠들어라!"라고 명령했대. 그리고 펜을 놨지. 그랬더니 그 펜이 눈에 보이지 않는 실에 묶인 듯 1분 동안 중력도 거스른 채 그대로 서 있었대! 그 자리에 있던 사람들이 다 놀랐지.

X는 사람들의 병도 낫게 해줬대. 직접 보지 않아도 아픈 사람의 사진만 있으면 멀리서도 병을 고쳐줬다는 거야. 그때마다 언제 낫게 되는지 날짜와 시간을 정확하게 알려주기까지 했다지 뭐냐. 환자들에게 약초를 처방하거나 식이요법을 알려주기도 했는데 가장 자주, 널리 쓴 치료법이 제일 효과가 좋았지. 그 치료법은 남을 욕하거나 부러워하거나 질투하는 등 우리 삶에 나쁜 영향을 미치는 심리적 결점을 고치도록 하는 거였어.

X의 능력에 대한 소문을 들은 한 여자가 자기가 언제 죽을지 알고 싶다며 찾아왔어. X는 말을 안 해주려고 했지. 이유도 말해주지 않았어. 그런데 그 여자가 고집을 부렸어. 그 여자는 집요하게 물어보면서 꼭 알고 싶다고 아무리 나쁜 소식도 겁나지 않는다고 했어. 결국 X는 포기하고 다음주 토요일 저녁 7시에 죽을 거라고 알려줬지! 그날이 되자 그 여자는 X에게 전화를 걸어서 자기는 아직 멀쩡히 살아 있다며 X를 비웃었어! X는 아직 7시가 안 됐다고 말했지! 그날 저녁 그 여자는 설거지를 하고 있었는데 정확히 7시가 된 순간 뜨거운 물이 가득 찬 싱크대에 머리를 박고 죽었대!

사랑하는 내 친구 폴, 내가 왜 이런 이야기를 하는 줄 아니? 네가 X와 같은 치료사가 되어서 동물들에게 명령하고 축제 때 마술을 부려 친구들을 깜짝 놀라게 하길 바라서가 아니야. X가 정신적 능력을 얻게 된 방법이 아주 흥미로워서야. X는 젊을 때 미사를 도왔어. 그 성당의 신부가 인도로 여행을 다녀오면서 집중력의 기술을 배워 오셨어. 신부는 놀라운 정신적인 능력이 아주 단순한 '다라나'에 있다고 알려주었지. 시선을 동전만한 한 점에 고정하고 눈을 깜빡이지 않은 채 가능한 한 오래 바라보면 된다고 말이야.

호기심이 발동한 X는 연습하기 시작했어. 처음에는 하루에 몇 초, 그렇게 5분, 10분씩 늘려가다가 30분까지 버틸 정도가 됐다는 거야. 늘 웃는 얼굴에 평범한 자전거 수리공이었던 그는 이 단순한 방법으로 몇 년 만에 그처럼 독특하고도 다양한 능력을 계발한 거지. 이 이야기들은 내 친구 제르맹이 X에게 직접 들은 거야.

멋있지 않니, 폴?

이걸 연습하는 데는 돈도 들지 않고 시간도 얼마 들지 않는데다가 특별한 지식도 필요 없고 수도사처럼 동굴이나 신전으로 가지 않아도 돼. 버스나 대기실, 집 등 어디서나 할 수 있다고. 그러면서 우리가 늘 꿈꾸던 내면의 변화를 이끌어 내준다잖아.

게다가 현대사회를 사는 모든 사람들은 이런 신비하고 막강한 능력을 연습할 준비가 잘 돼 있잖아? 텔레비전이나 컴퓨터 앞에서 몇 분도 아니고 30분도 아니고 몇 시간씩 꼼짝 않고 앉아 있는 데 익숙하니 말이야! 그러니까 우리는 다른 데 시선을 고정하고 다라나를 약간만 연습하면 돼. 텔레비전도 우리의 시선을 붙잡기는 하지만 권할 만한 것은 아니니까……. 이 연습을 하고 약간의 운과 재능이 더해지면 모든 연금술사들이 찾아 헤매는 '현자의 돌'을 찾는 일도 불가능한 일은 아닐 것 같지 않니?

X의 이야기는 삶의 기적이 일어나려면 또 불행이라는 납덩이를 행복이라는 황금으로 바꾸려면 현자처럼 사고하는 법, 다시 말해 **바르게 생각하는 법을 배우면 된다**는 간단한 진리를 담고 있어. 이렇게 간단한 수련인데 너도 한번 시도해 보는 게 어때? 5분이나 10분 동안 텔레비전에서 눈을 돌리는 게 어렵니? 넌 방송이 다들 진부하고 바보 같다고 불평했었잖아. 시시한 프로그램을 보는 것보다 네 자신이 더 가치 있잖아? 네 자신을 위해 내면을 변화시켜 주고 존재의 가벼움을 해소해 줄 수 있는 일을 한 번쯤 시도해 보고 미지의 세계로 모험을 떠날 의무가 있지 않을까? 그렇다고 네가 잃을 것도 없잖아?

네게 도움이 될지 모르니 이 수련을 하면서 나에게 일어난 신비로운 효과들을 알려줄게. 나는 그런 연습을 하면 어떤 일이 생길까 하고 강한 호기심이 들었어. 천성적으로 난 삶의 신비한 면에 대해 관심이 많거든. 그런 면이 참 아름답다고 생각해. 또 이 시대의 모든 현자들은 인간에겐 잠재력이 있으니 이를 일깨워야 한다고 하잖아. 그 말에도 동의해. 단지 그들은 보통 인간들이 자기 잠재력의 10퍼센트만 활용하고 있다고 하는데 내 생각에는 5~6퍼센트, 아니 그 이하만 활용하는 사람들도 많은 것 같아!

나는 흰 종이를 벽에 붙이고 사인펜으로 거의 완벽한 검정 동그라미를 그렸어. 탁상시계를 가져와 시간을 확인하고는 내가 몇 년째 쓰고 있는 명상용 의자에 앉았어. 좋은 생각과 기분으로 가득 채우고 다라나를 시작했지.

그런데 시작한 지 얼마 되지 않아서 눈이 따끔거려 제대로 뜨고 있기가 어려워졌어. 눈물까지 났지. 더 이상 참지 못하고 다라나를 중단하고 시계를 봤어. 겨우 3분이 지난 거야! 나는 초라한 실적에 실망한 채 몇 초간 눈을 감고 따끔거리는 게 사라지길 기다렸어. 그리고는 의지에 불타 다라나를 다시 시작했지. 이번에는 5분을 버텼어!

하지만 내면이나 외면을 변화시키려는 노력을 시작할 때면 으레 그렇듯이 그만둘 만한 그럴듯한 핑계거리가 떠올랐어. 중요한 약속이 있다는 게 생각난 거야. 다소 환상적인 이 수련에 할애할 시간이 거의 없는 거지. 뭐, 그렇다고 우스꽝스럽다고 할 수는 없잖아. 게다가 수련을 했지만 특별한 경험을 하지도 않았고 어떤 기적적인 능력이 계발되지도 않았으니 계속 할 필요가 없겠다 싶었어.

나는 명상을 그만두고 일어나 방에서 나갔어. 내가 너무 순진했다고 생각했지. 순진한 사람들은 특이한 경험을 할 수 있다는 말에 잘 속아 넘어가잖아.

그날은 정말 중요한 약속이 있었어. 비즈니스 미팅이었거든. 자발적으로 시작한 내 자신과의 만남을 위한 자리를 단번에 박차고 나오게 만들었으니 얼마나 중요한 일인지 알겠지? 아무튼 미팅 준비를 하려고 보니 런던 본드 가에서 구입한 멋진 영국식 구두에 왁스칠을 좀 해야겠더라고. 비즈니스 미팅에서 남자는 구두로 평가받는다는 건 상식이잖아! 구두가 이 모양인 채로 미팅에 나갔다가는 겉모습이나 작은 일에는 신경 쓰지 않는 부주의한 사람이라는 인상을 심어줄 거라고. 신은 작은 일 속에 계시다는데 말이야. 더러운 구두를 신고 나갔다가는 '루저'로 찍힐지도 모른다고!

그래서 꼭 필요하지만 번거로운 구두닦이에 최소한의 시간만 투자하겠다는 생각으로 왁스칠을 시작했지. 처음에는 잘 몰랐는데 어느 순간 보니 내가 참 열심히 구두를 닦고 있는 거야. 심지어 이 일이 흥미롭고 상당히 재미있다고 느끼고 있어서 놀랐어. 지금까지 한 번도 그래본 적이 없는데 정말 열심히 닦고 있었더라고. 구두 구석구석을 찬찬히 살펴보고 있었지. 편집증에 가까울 정도의 집중력을 발휘하며 약간이라도 실수하면 엄청난 결과를 초래할 것처럼 구두끈 구멍과 구두끈, 깔창에 왁스가 묻지 않도록 애쓰고 있었어. 그러는 와중에 그 신발을 만든 장인의 노고에 경외심이 생기더라. 또 깊은 감사의 마음도 들었지.

폴, 너 지금 내가 미쳤다고 생각하고 있지? 솔직히 인정해! 그렇지만 내게 무슨 일이 일어났는지 있는 그대로 네게 말해주고 싶은걸!

어느 순간 난 당황스러운 경험을 했어. 불과 몇 초 동안 일어난 일이었지. 구두를 닦는 일에 너무 집중해서 다른 일은 눈에 들어오지도 않았어. 정신을 잃은 것 같았지. 기절했다는 게 아니라 내가 구두를 닦고 있는 중이라는 점을 잊은 것 같았다고! 구두도 꽤 잘 닦았어. 나는 그렇게 '진정한' 구두닦이가 된 거야.

그런데 이 경험은 날 두렵게 만들었어. 왜냐하면 내가 전부터 계속 말했던 자아는 통제력을 잃고 싶어 하지 않거든. 자아에게 통제력을 잃는다는 건 엄청난 위협이야. 우리가 늘 그 순간 하고 있는 일에 완전히 집중한다면 과거부터 미래까지 언제나 우리와 떼려야 뗄 수 없는 불안과 고통이 현재에서 사라진다는 말이니까.

너도 아마 이런 경험을 해봤을 거야. 확실해. 나도 이런 경험을 여러 번 해봤어. 매우 재미있는 영화를 볼 때도 그랬어. 보통 저녁 때 본 영화가 그렇더라고. 이유는 잘 모르겠지만. 아니면 흥미로운 책을 읽을 때나 판돈이 큰 체스경기를 할 때도 그랬어. 하고 있는 일에 완전히 몰두해서 내가 누구인지 잊고 더 이상 생각하지 않는 거야. 내가 하고 있는 일과 나 사이에 더 이상 구분이 없는 거지.

그래서 우리는 진정한 사랑을 두려워하는 거야. 사랑에 몰입하면 내가 누구인지를 잊고 내 자신이 사라지게 되니까. 또 이것 때문에 변하기가 그렇게 어려운 거야. 앞에서도 말했지만 낡은 신발이나 더 이상 맞지 않는 옷처럼 과거의 자신을 잊고 포기해야 하거든.

그런데 그 구두나 옷은 우리의 일부이자 우리 자신이 되었기에 버리는 게 쉬운 일이 아니야. 솔직히 말하면 평온한 지금 상태를 뒤흔드는 아주 겁나는 일이지. 사실은 이미 오래 전부터 '불편'한 상황이었더라도 말이야!

이런 이례적인 경험은 보통 불과 몇 초, 아주 운이 좋거나 재주가 있으면 몇 분간 지속돼. 한 번 경험하고 나면 현재에 충실하라는 말이 진정으로 어떤 의미인지 깨닫게 되지. 앞서 말했던 행복을 파는 사람들이 하는 설명이 별로 정확하지 않다는 점도 알게 될 거야. 이 문구를 이해하는 것뿐만 아니라 이 문구가 헛된 말장난이 아니라 그런 상태가 실재한다고, 진정한 삶이 시작되는 순간으로 동화되는 그런 상태가 있다고 자신 있게 말할 수 있을 거야.

내가 경험한 형이상학적인 두려움에 관한 이야기로 돌아와 보자. 아주 긴박한 약속이 있다는 사실이 생각났지만 마치 자신의 작업에 만족한 장인처럼 잘 닦인 구두를 감상하고 싶다는 유혹을 벗어나기가 힘들었어. 쉽고 흔한 일이었지만 이상하게도 엄청나게 뿌듯했지.

실은 구두닦이를 끝내고 남은 하루를 어떻게 보냈는지가 더 뿌듯했어. 뿌듯하다는 형용사가 꼭 정확하지는 않지만. 왜냐하면 그날은 다른 날들이랑 확연히 달랐거든. 우선 난 좀 더 주의 깊게 보냈어. 음 어떻게 말을 할까, 좀 더 애정을 가지고 보냈다고 할까. 그래, 좀 더 애정을 갖고 보냈어. 아내에 대한 애정 말고 사소한 일에 대해서 말이야. 솔직히 말하자면 이전에는 보지 못했던 많은 일들을 새로이 보게 됐고 새삼 감탄했지. 만나는 사람들의 버릇이나 거짓말은 물론 아름다움과 섬세함, 비밀스럽게 감춰진 슬픔 등을 좀 더 쉽게 눈치 챌 수 있었어. 삶과 사물, 존재에 대해 좀 더 주의를 기울이게 된 거야.

왜냐고? 집중력을 연습했으니까! 내 마음은 좀 더 안정됐고 하는 일에 전념했고 인내심이 생겼지. 인내심은 특히 우리 모두에게 부족한 덕목이잖아. 우리는 너무 참을성이 부족하고, 쉽게 좌절하지. 각종 고지서나 카드명세서를 빼고는 우리가 기대한 만큼 신속하게 일어나는 일은 거의 없으니까.

집중력 연습의 또 다른 효과는 의지가 강해진 거야. 내 생각들은 좀 더 힘차고 신속하게 돌아다니는 것 같았고, 그래서 내 삶에서 우연과 기적이 점점 많아졌지. 고문서에도 등장하는 것을 보면 다라나는 인류의 역사만큼이나 오래됐나봐. 그런 다라나를 수행하기 시작하고 나서 어떤 사람을 생각하면 그 사람이 너에게 전화를 걸 거야. 그건 우연이 아니라 네가 그 사람을 예전보다 좀 더 힘 있고 명확하게 생각했기 때문이야.

그렇지만 새롭게 생긴 힘은 새로운 의무를 동반하는 법이지. 그건 바로 좋은 생각만 해야 한다는 거야. 그렇지 않으면 엄청난 피해를 불러올 수 있거든! 몇 년 전, 나는 점성술사를 찾아간 적이 있어. 그는 나에 대해 놀라운 이야기를 많이 해줬지. 다른 점성술사들처럼 그 여자도 수완이 좋았어. 아주 먼 과거나 전생에 대해 이야기하면 우리가 진위 여부를 확인할 길도 없을 뿐만 아니라 그럴 생각도 하지 않잖아. 전생에 왕자나 귀족이었다는 둥 성에 살고 잘생기고 엄청 부자인데다가 명성까지 높았다는 둥 하는 이야기를 들으면 기분도 좋고 손해 보는 것도 없으니까!

그 영매는 적어도 내 과거에 그런 허황된 미사여구를 붙여대진 않았어. 그녀는 오히려 내가 전생에 이집트 신전의 사제였고 어떤 사람을 생각의 힘만으로 살해해서 지옥에서 500년을 살아야 하는 벌을 받았다

146

고 했어. 그나마 위로가 되는 건 이번 생에서 나는 숨겨진 능력을 조금씩 되찾을 거고, 전생에서의 뼈아픈 경험을 통해 이번 생에서는 흑주술은 더 이상 쓰지 않고 다른 사람들이 빛의 길을 가도록 돕는 데 그 능력을 쓴다고 하더라고.

그 예언을 확인할 길도 없었지만 그렇다고 완전히 무시할 수도 없었어. 언제인지도 모르는 옛날에 스핑크스와 쿠푸왕의 거대 피라미드가 있는 이집트에서 사제직을 맡았다고 기뻐서 그런 게 아니고 생각의 힘으로 살인을 했다는 사실이 내 안에 울림을 줬거든. 적어도 잠깐이나마 부르르 떨게 만들었어. 마치 영적 진리를 깨달을 때처럼 말이야. 확실한 건 언제나 백주술을 선택해야 한다는 점이야. 우리 힘이 강할 때는 특히 더 그렇지. 라블레(편집자주 : 16세기 프랑스 르네상스 문학의 대표적인 작가) 시절부터 '의식 없는 앎은 영혼이 없는 폐허'라고 했다잖아.

어찌됐건 생각만으로 살인을 할 수 있는지는 모르겠지만 지난 번 편지에서 이야기했듯이 최소한 아프게 만들 수는 있어. 그러니 한 발자국만 더 나가면 가능할지도 모를 일이지. 아무튼 신중해야 해. 네가 무슨 생각을 하는지 잘 살펴봐. 특히 네 생각들이 새로운 힘을 얻게 될 때는 말이야.

다라나 수행은 어디에서도 할 수 있어. 흰 종이에 그린 점을 바라보는 대신에 버스나 대기실에서 어느 한 점을 골라서 연습해 봐. 독창적이고 생산적인 방법으로 시간을 활용해 봐! 다른 사람들은 기다리면서 지치거나 신경질을 내겠지만 발상을 전환하면 상당히 유익하고 보람 있는 시간이 될 거야.

폴, 너도 나처럼 다라나 수행을 해보면 어떻겠니? 손해 볼 거 없잖아? 네가 그저 아침에 몇 분만 연습을 해도 놀라운 효과를 실감할 수 있어. 그날 하루가 판연히 달라질 거라고 내가 보장한다니까.

다라나를 약간 변형해서 다른 연습을 해도 돼. 눈을 감고 미간에 의식을 집중하는 거야. 티베트 사람들이 제3의 눈이라고 하는 솔방울샘(편집자주 : 멜라토닌을 만들고 분비하는 머리 가운데에 위치한 솔방울 모양의 내분비기관)이 그곳에 있거든.

흰 종이에 그리는 점을 네가 선택한 정신적 스승의 미간에 그릴 수도 있어. 아니면 스승의 한쪽 눈을 바라봐도 돼. 좀 신비주의적인 방식이긴 하지만 그래도 내가 좋아하는 방법 중의 하나야. 네가 선택한 스승을 바라볼 때는 너를 괴롭히는 문제를 여쭤봐! 그에게 불안, 걱정, 딜레마 등을 털어놔! 그리 어렵지도 않은 일을 통해 신기하게도 조금씩 네가 구하던 답을 듣게 되고 네가 그토록 바라던 평정을 찾게 될 거야. 그중에서도 가장 좋은 건 그 현자가 지닌 내면의 덕목을 너도 배우게 된다는 점이지. 그 분을 닮아가게 되는 거야. 우리가 바라보는 사람이 되어간다는 건 오래 전에 증명된 사실이란다.

그런데 그게 다가 아니야! 현자에게 집중하다 보면 훨씬 더 신기하고 마술 같은 효과를 볼 수 있어. 그게 뭐냐면 집중력이 편지나 전화처럼 현자를 너에게 불러준다는 거야! '우리가 스승에게 한 걸음 다가갈 때 그는 우리에게 천 걸음 다가온다'라는 말이 있는데, 그게 사실이거든! 재미있지 않니? 단지 현자들은 우리가 요청할 때만 우리에게 다가오는다는 점만 기억하면 돼. 그들은 우리의 자유의지를 존중하거든.

나는 아난다모이 마, 마더 미라, 라마나 마하르시, 바가완 니티야난다 등 확실히 신뢰할 수 있는 모든 위대한 현자들을 바라보는 연습을 했어. 구루를 자처하는 사람들이 모두 믿음직스러운 건 아니야. 세상의 모든 직업에는 거짓말을 하고 사기를 치는 사람이 있으니 가장 고귀하고 공정한 직업이라고 해도 예외가 될 수는 없지.

예를 들어 유튜브나 구글에서 1959년 아난다모이 마를 검색해 봐. 이 위대한 성녀의 아름다움과 에너지를 느껴 봐. 나도 시간이 날 때마다 가네스프리의 바가완 니티야난다를 검색해 보는데, 너도 해봐. 새로운 경험을 하게 될 거야! 넌 아마 니티야난다의 모습을 보고 놀라고 실망할 거야. 하지만 그도 젊었을 때는 잘생기고 매력적이고 거부할 수 없는 미소의 소유자였어. 나이가 들어서는 뚱뚱하고 배가 나오고 절뚝거리며 걷게 됐지.

우리는 현자라는 말을 들으면 열에 아홉은 영화 「십계」에서 모세로 등장한 찰턴 헤스턴 같은 모습을 연상하잖아! 하지만 그런 고정관념을 버리고 니티야난다의 말씀을 담은 동영상에 빠져들어 봐. 마음을 열고 말이야! 니티야난다가 열정이 가득한 눈빛으로 카메라를 바라보는 장면에서 동영상을 정지시키고 그 시선을 응시하며 다라나를 수행해 봐. 미친 짓인 거 나도 알아. 지금까지 네가 시도한 일들과는 판이하게 다른 일이겠지만 네 방법들도 여태껏 이렇다 할 성과를 거두지 못했으니까⋯⋯.

아니, 이렇게 말하는 편이 낫겠구나. 지금까지 네가 시도해 본 일 모두 훌륭하고 완벽했어. 너를 네 인생의 교차점까지 인도해 줬거든. 이제 여기서 모든 것을 다시 시작해서 마침내 네 자신을 변화시키고 네가 항상 되고 싶었던 존재로 거듭나는 거야!

텔레비전을 보는 대신에 스승들의 얼굴을 바라보면 조금씩 그들의 장점을 닮게 되고 앞서 말했던 것처럼 신기하게 그들을 네 인생의 궤도로 불러오면서 예상치도 못한 도움을 받게 될 거야. 왜냐하면 스승이 네가 바라는 것을 주지 않는다면 그는 네게 필요한 것을 줄 거거든. 그리고 그게 훨씬 바람직한 일이지. 그렇지만 그 순간에는 이해하기 힘들거야! 크게 소리를 지르며 스승이 나에게 무관심하다고 비난하겠지.

크세노폰은 『소크라테스 회상』 제1권 3장에서 소크라테스가 진정으로 효과가 있는 기도란 무엇인지 이해하고 있음을 보여주지. 공전의 베스트셀러 『시크릿』의 부록을 써도 될 정도야. 『시크릿』에서 하라는 대로 전부 했는데도 불구하고 소망이 이루어지지 않았다고 불평하는 독자들도 있었거든.

사람들은 신에게 단순히 재물을 달라고 기도하면서 자신에게 필요한 재물이 무엇인지 신이 정확하게 알고 있으리라고 생각한다. 소크라테스가 볼 때 신에게 금, 은, 명예 등 이런 종류의 무엇인가를 요구하는 것은 주사위던지기, 전쟁 등 결과가 불확실한 무엇인가를 요구하는 것과 다름없다.

네가 습관을 붙여 꾸준히 계속한다면 명상은 점점 쉬워질 거야. 어린왕자가 여우를 길들이듯 넌 명상을 길들이게 되고 명상은 네가 따고 또 따도 다 따지 못할 만큼 많은 장미가 네 인생에서 아름답게 피어나게 만들 거야.

아마 넌 신의 생각을 이해하는 것부터 시작하겠지. 네가 현재를 충실하게 살기 시작하고 나서 약간의 운이 따른다면 넌 흥분해서 칼리오스트로 백작(편집자주 : 18세기 이탈리아의 여행가이며 마법사였던 주세페 발사모)처럼 "난 어느 시대, 어느 장소에도 속하지 않는다. 나는 고귀한 여행자다!"라고 외칠지도 몰라.

17
바로 지금
행복해야 해

　사랑하는 친구 폴, 네가 칼리오스트로 백작에 대해 모를 수도 있겠구나. 그는 저 유명한 생제르맹 백작의 제자로, 18세기에 가장 유명한 모험가이자 연금술사였지. 위대한 여행가였던 칼리오스트로 백작(뒤마는 그의 이름을 딴 소설도 썼지)은 1743년 팔레르모에서 태어나 그리스, 이집트, 페르시아, 몰타, 로마 등을 여행했지. 젊음을 유지하는 물을 개발한 걸로 유명한 사람이야. 1795년 감옥에서 생을 마감했지. 그는 죽은 사람을 다시 불러오고, 미래를 예언하며, 어떻게 벌었는지 알 수는 없지만 언제나 어마어마하게 많은 돈을 가지고 있었대. 부자인 친구가 있었을까? 아니면 동시대 사람들이 의심한 것처럼 연금술의 비밀을 알고 있었을까?

그는 왕의 조언자 겸 친구로 왕궁에서 살았는데 많은 사람들이 그를 질투했어. 결국 마리 앙투아네트 왕비의 목걸이 스캔들에 연루돼 법의 심판대에 올라 종신형을 선고받았지. 재판 중에 그는 정신적 고귀함을 볼 때 자신을 협잡꾼으로 폄하하는 것은 부당하다는 선언서를 읽었지. 앞부분이 상당히 인상적이어서 네게 들려주고 싶어. 사이사이 내가 이런저런 코멘트를 덧붙일 텐데, 이 점은 미리 사과할게. 꽤 독창적인 글이라 읽을 때마다 새로운 아이디어가 떠오르거든.

저는 어느 시대, 어느 장소에도 속하지 않습니다. 제 영적인 실체는 시간과 공간을 뛰어넘어 영원히 존재합니다. 사고의 폭을 넓혀 시간을 거슬러 올라가면, 여러분이 인지하는 방식과 거리가 먼 존재 방식을 향해 제 정신을 확장시키면 저는 제가 원하는 그것이 될 수 있습니다.

폴, 이 문단을 다시 한 번 읽어봐. 사실 너도 칼리오스트로 백작처럼 말할 수 있거든.

"제 영적인 실체는 영원히 존재합니다."

이 문장을 신념을 갖고 반복하다 보면 네가 '위대한 나치', '죽음과 삶의 부조리'라고 부르는 것들에 대한 분노가 삶이라는 나무의 장엄한 존엄성 앞에서 아무것도 아니고 그저 가을 낙엽에 불과하다는 점을 깨닫게 될 거야.

칼리오스트로 백작의 말을 좀 더 들어보자.

의식적으로 절대적 존재를 추구하며 제게 주어진 환경에 맞추어 행동을 통제합니다. 제 이름은 제 임무를 의미합니다. 저는 자유의지를 가졌기 때문에 제 이름과 임무를 스스로 선택했습니다. 제가 지금 두 발을 딛고 서 있는 곳이 바로 제 조국입니다. 원하신다면 낯선 조상들이 살던 시대로 거슬러 올라가 과거를 돌아보십시오. 아니면 미래를 내다보십시오. 거만한 착각으로 꿈꾸는 명예는 절대 여러분의 것이 아닙니다. 저는 지금 이 순간 실재하는 존재입니다.

제게는 아버지밖에 없습니다. 제 인생의 여러 국면에서 이 사실에 대해 의문을 품었습니다. 제가 어떻게 생겨났는지, 얼굴도 알지 못하는 아버지와 저의 관계는 무엇인지는 저만의 비밀이었고 앞으로도 그럴 것입니다. 저처럼 그 비밀을 추측해 보거나 막연하게 짐작하게 된 분들은 저를 이해하고 인정하실 것입니다. 40년 전 제 육신이 이 땅 위에 형성됐던 장소와 시간, 이를 위해 제가 선택했던 가족은 기억하고 싶지 않습니다. 저를 알고 있는 분들의 어깨는 이미 무겁기 때문에 제 과거를 들쑤셔 그분들께 또 다른 책임감을 지워드리고 싶지 않습니다.

저는 정욕이나 인간의 의지가 아니라 정신에서 태어났습니다. 제게서 비롯되어 제게 속하는 제 이름은 제가 여러분 앞에 나타나기 위해 선택한, 제가 요구한 그것입니다. 태어났을 때 저를 부르던 이름과 청년 시절에 쓰던 이름, 다른 시간과 장소에서 쓰던 이름은 그곳에 두고 왔습니다. 마치 계절에 맞지 않아 필요 없게 된 옷처럼 말입니다. (폴, 너도 네 정신을 피폐하게 만들고 인생의 장미를 보지 못하게 방해하는 나쁜 습관과 잘못된 믿음,

지루하게 반복되는 교육방식을 던져버릴 수 있어. 네 인생에 핀 장미가 얼마나 많은지 너도 알아야 할 텐데……)

전 여기 있습니다. 전 고귀한 여행자입니다. 제가 말을 하면 여러분의 영혼은 오래된 말씀이 담겨 있음을 알고 전율할 것입니다. 여러분 내면에서 오랫동안 숨죽이고 있었던 부름이 저의 부름에 응답할 것입니다…….

이 신비로운 선언서를 읽고 있노라니 네 영혼이 전율하는 게 느껴지지 않니? 이 문단을 반복해서 읽어봐. 열 번이고 백 번이고 현기증이 나도록 읽어봐. 오래된 말씀을 받아들이고 너의 본모습을 기억하게 될 때까지 몇 번이고 읽어봐. 너도 고귀한 여행자니까 말이야!

제가 움직이면 당신의 마음에는 평화가, 당신의 신체에는 건강이, 당신의 영혼에는 희망과 용기가 찾아갈 것입니다. 모든 인간은 제 형제입니다. 모든 나라가 저에게 소중합니다. 정신적 실체가 강림하여 여러분에게 가는 길을 찾을 수 있도록 저는 이곳저곳을 돌아다닙니다. 존경해 마지않는 국왕폐하께 단 한 가지만 부탁드리고 싶습니다. 국왕폐하의 영토로 들어선 저를 반겨주십시오. 그렇다면 전 제 주위에 가능한 모든 선을 베풀며 지나가겠습니다. (폴, 이게 우리에게 주어진 단 하나의 의무가 아닐까? 우리 모두 영혼을 구제할 책임이 있으니까. 게다가 넌 아직 제대로 형성되지 않아 타락하기 쉬운 어린 영혼까지 거두어야 할 특별한 임무까지 있지 않니?)

저는 그저 지나갈 뿐입니다. 모든 사물의 본 모습을 밝히고 신과 온전한

합일을 보여주는 눈부신 햇살처럼, 남풍처럼 저는 북으로, 안개 속으로, 추운 곳으로 향합니다. 제가 지나는 곳마다 제 일부를 남기고 갑니다. 발걸음을 멈출 때마다 저를 남겨 저는 점점 작아집니다만 여러분에게 약간의 광명과 열의와 활력을 전합니다. 제 사명을 다해 마침내 긴 여정에 종지부를 찍을 때까지 그리 할 것입니다. 그때가 되면 십자가 위에서 장미가 피어날 것입니다. 저는 칼리오스트로입니다.

넌 사랑하는 '녀석'인 폴 드 뒤베르네야! 이 시대, 이곳에서 네 진정한 존재의 모든 위대함, 고귀함, 현명함과 지상에서의 너의 역할을 분명하게 알게 될 텐데 왜 이 말을 반복하지 않아? 왜 이 말을 소리쳐 보지 않아?

"나는 폴 드 뒤베르네다! 나는 고귀한 여행자다!"

몽테뉴는 '철학이란 어떻게 죽을지를 배우는 것'이라고 했어. 하지만 죽기 전에 보통 나이가 들어야 하지.

폴, 우리 아버지 기억나지? 우리 아버지 얘기를 들으면 네가 아직 우리 아버지만큼(벌써 여든다섯이셔) 나이를 먹지 않았다는 게 얼마나 행운인지 느끼게 될 거야. 넌 1년만 지나면 쉰 살이라는 생각에 끔찍해하지만 말이지! 난 네가 살아야 한다는, 특히 행복해야 한다는 절박함을 이해하게 되길 바라. 네 은퇴 후가 아니고, 한 달 뒤가 아니고, 바로 당장. 지금!

18
나는 내 상황을
즐기기로 했다

일요일 오전 7시 30분, 난 레이크 플래시드에 있는 미러레이크 호텔의 환상적인 유리벽 뒤에서 카페오레를 홀짝이고 있었어. 그러다가 지난 금요일 저녁부터 휴대전화를 꺼뒀다는 사실을 깨달았지!

사랑하는 내 친구 폴, 오랜 시간 네게 보내는 편지를 쓰다 보니 좀 피곤해져서 머리도 식히고 기분전환도 할 겸 목적지 없이 발길 닿는 대로 길을 떠났어. 물론 아내에겐 이틀, 길어야 사흘 이내에 돌아올 거라고 말해뒀지. 아내에게 길게 설명할 필요는 없었어. 우리는 오래 전부터 함께 보내는 휴가가 아니라 각자 혼자만의 휴가를 짧게 다녀오자고 일종의 협약을 맺었거든. 15년을 함께할 수 있었던 부부 사이를 설명해주는 우아한 협약이지 않니?

둘이 함께 살다 보면 서로에게 너무 익숙해져서 상대방을 보지 못하고 가끔 자기 자신도 잃어버리게 되잖아! 상대방의 장점, 아름다움, 성품 등을 보지 못하게 돼. 일상이라는 냉혹한 돋보기로 그 사람의 단점만 지나치게 과장해서 보게 되지. 서로의 존재에 감사하지 않고 사랑이라는 성 안으로 타성이라는 '트로이 목마'가 들어오게 방치하는 거지.

성 아우구스티누스는 사랑하는 방법은 재지 않고 사랑하는 것이라고 했지만 아내와 나는 언제나 이 작은 휴가가 건강에 더 좋고 가끔씩 '상대방의 다이어트'가 더 식욕을 자극한다고 생각했어!

이틀 동안이나 꺼둔 휴대전화가 프로이트가 말하던 '실착행위(편집자 주 : 엉겁결에 내뱉는 말실수처럼 의식적 의도에 반대되는 결함행동)'일까? 집에 충전기를 두고 와서 금요일 저녁에 아내에게 혹시 모르니 지친 소설가를 지키는 요정이 발걸음을 이끈 곳을 말해 주고는 휴대전화를 껐거든.

나는 꺼진 휴대전화가 가져온 보기 드문 정적과 자유에 놀라면서도 은밀히 즐기고 있었지. 그런데 갑자기 장관을 이룬 산과 범선이 떠 있는 호수의 아름다움이 눈에 들어오지 않았어. 바로 휴대전화 전원을 켜고 음성메시지함을 확인했지. 음성메시지 10여 개가 녹음돼 있었고 그 중 몇 개는 긴급 메시지였어.

첫 번째 메시지는 여동생 루이즈였어. 아버지 상태가 좋지 않으니 내가 꼭 와야 한다고 하더라고. 왜냐하면……. 메시지가 문장 중간에 끊어졌더라고. 상황이 상황인 만큼 아주 기분 나쁘게 초조했지. 왜냐하면 아버지가 1년 전부터 많이 편찮으시거든. 급하게 병원으로 실려 가신 적도 몇 번 있었어. 그럴 때마다 마지막이 아닐까 걱정했지. 의사들이 얼마 못 사실 거라고 했거든.

물론 우리 모두 언젠가는 죽지. 그 사실을 잊고 쓸데없는 걱정으로 삶을 낭비하고 있는 사람들도 사고를 당하거나 병에 걸리고 나서는 그 점을 깨닫고 자기가 낭비한 시간을 후회하곤 하지. 그렇게 깨달았을 때는 이미 너무 늦은 경우가 많지만 말이야.

사랑하는 사람이 언제 죽을지 안다는 건 전혀 다른 문제야. 훨씬 피부에 와 닿는 문제가 되지. 그리고 만약……. 만약 내가 호숫가에서 쉬고 있는 동안 아버지가 돌아가신다면! 아버지…….

난 아버지를 다디오나 호스티아라고도 불렀어. 'ㅎ'을 세게 굴리고 두 음절씩 끊어서 호스-티아라고 불렀지. 기쁨의 함성처럼, 소집명령처럼, 전쟁의 고함소리 아니 승리의 함성처럼 불렀지! 아버지와 나 사이에 전쟁은커녕 사소한 말싸움이나 논쟁도 없었거든. 내가 직업으로는 아주 못미더운 글쟁이를 선택했을 때도 말이지.

작가는 공인회계사인 우리 아버지뿐만 아니라 아들의 미래를 조금이라도 걱정하는 아버지라면 누구나 별로 탐탁하게 여기지 않을 만한 직업이지. 안 그래요, 호스티아? 호스티아, 어원을 알 수 없는 비속어이자 이상하고 엉뚱한 별명이지만 아버지가 내게 물려주신 가장 소중한 보물인 열정과 에너지가 가득 담긴 단어야. 열정과 에너지가 없다면 살면서 무엇을 할 수 있겠니? 다른 것들이 무슨 의미가 있겠어? 지성이나 직업보다 확실하게 미래의 성공을 약속하는 수정구슬이 바로 열정과 에너지가 아닐까?

막연한 불안감을 없애려고 카페오레를 한 입 가득 마셨어. 여동생의 메시지가 왜 하필 가장 중요한 순간에 끊어져서 나에게 이런 끔찍한 의구심을 심어주는지 궁금했지. 바로 그때 여행을 떠나기 전날 내가 줄리아에게 '사람들이 왜 이렇게 메시지를 길게 남기냐'고 불평했던 게 떠올랐어. 친구 하나가 메시지를 남기고는 실수로 종료버튼을 누르지 않아서 엄청나게 긴 내용이 녹음됐더라고. 난 2분이 넘도록 그 방에서 오가던 모든 대화를 들었어. 그거 참 큰일 낼 수 있겠더라고.

몰리에르가 모럴리스트에 대해 말하듯이 (새로운 전자기기에 대해) 모르는 게 없는 줄리아가 내 문제를 해결해 줬어. 음성메시지함 녹음 가능 시간을 10초, 아니 5초로 설정해 줬거든. 그 아이는 누구한테 배운 적도 없고 설명서를 읽지도 않았는데 모르는 게 없더라고. 설명서는 나 같이 나이든 사람 전용인가봐.

내가 걱정하는 일이 현실로 밝혀질까 두려워서 다음 메시지를 들을까말까 망설였어. 그런데 호기심이 더 강했나봐. 두 번째 메시지는 여동생 이자벨이 남겼더라고.

"마크 오빠, 도대체 어디 있어? 집으로 해도 안 받고 휴대전화도 안 받네. 정말 중요한 일이라고. 엄마가……."

그리고는 (고통스러워서 그런 건지 격분해서 그런 건지 알 수 없는) 비명소리가 들렸어. 이자벨 옆에서 무슨 일이 벌어졌든지, 이자벨이 방금 전에 일어난 일을 전해주고 싶었지만 음성메시지에 미처 남기지는 못했든지 그런 것 같았어.

또 여기서 메시지가 끊어졌지! 이번에는 이마에 땀방울이 맺히는 게 느껴졌어. 얼굴도 창백해지고 난감한 표정을 지었는지 드라이 토스트를 가져온 웨이트리스가 물었어.

"뭐가 잘못됐나요? 드라이 토스트가 아니라 버터 바른 토스트를 주문하셨나요?"

"아닙니다. 드라이 토스트를 먹는 건 맞아요. 그런데 오늘은 크루아상을 주문했는데……."

사실 이렇게 눈부신 6월 아침에 하루쯤 먹고 싶은 걸 먹으면 좋겠다 싶었어. 거의 매일 식이요법을 하고 있고 일도 마무리했으니 내게 상을 좀 주고 싶기도 했고. 그런데 끌어당김의 법칙은 정말 놀라운 것 같아. 전에도 수차례 경험해 봤지만 말이야. 웨이트리스는 '실수로' 내가 바라는 것, 그러니까 내가 먹어야 하는 것을 가져다 준 거야. 매일 먹는 지겨운 드라이 토스트 말이지. 드라이 토스트 덕분에 오래 앉아 있는 직업을 가진 내가 체중을 관리할 수 있는 거거든.

웨이트리스는 드라이 토스트가 든 빵바구니를 다시 가져가려고 했지만 내가 말렸어.

"아닙니다. 괜찮아요. 드라이 토스트도 맛있을 거 같네요."

어쨌든 그 토스트는 안 먹을 거야. 가슴이 미친 듯이 뛰는 것도 모자라서 속이 뒤틀려 입맛이 하나도 없었거든. 이자벨이 남긴 메시지는 아버지가 아니라 어머니에게 좋지 않은 일이 생겼을지도 모른다는 불안감을 심어줬어! 어머니도 1년 전부터, 그러니까 아버지가 모든 면에서 삶의 종착역에 가까이 가신 이후로 사는 게 사는 게 아니시거든.

어머니도 제대로 드시지도 주무시지도 못하셔. 우리 자식들은 물론 손자들, 매일 집으로 찾아오는 간병인이랑 간호사가 있어도 위태롭게 계속 무리를 하시거든. 다른 사람들이 있어도 어머니는 신중하게 만일의 사태에 대비하면서 모든 걸 직접 챙기시지. 우리가 있으니 우리를 믿고 쉬엄쉬엄 하시라고, 어머니 자신을 먼저 살피시라고 아무리 말씀드려도 소용이 없어. 일평생 다른 사람을 먼저 생각하고 다른 사람들을 통해 존재하신 분이 어떻게 자신을 먼저 챙기실 수 있겠어. 쾌락주의를 앞세우고 심지어 이상향으로 여기는 우리 세대에게는 눈물겨운 헌신의 삶을 사신 분이지.

내가 '꼬맹이 엄마(내게 엄마에게 붙인 별명이야)'에게 몇 번이나 건전한 이기주의의 장점을 설명했는지 몰라. 하지만 빅토르 위고가 그랬던가? 누가 한 말인지도 가물가물하네. '신이 모든 곳에 계실 수 없어서 어머니를 만드셨'고 하잖아. 그러게, 참 편하네. 챙겨야 할 것은 너무나도 많고 잔일은 끊이질 않고 때로는 다 포기하고 싶게 만드는 게 어머니라는 역할이지.

왜냐하면 사실……. 만약에 어머니가 먼저 돌아가시면……. 죽음이라면 전혀 뜻밖의 일은 아닐 거야. 놀라운 소설가인 죽음은 모든 사람을 불시에 데려가잖아. 질병으로 심하게 아픈 사람들도 마찬가지고. 그렇게 바로 죽지 않는 사람들도 있는 반면 건강했는데 아무런 예고도 없이 데려가는 사람도 있어!

어머니는 심장이 상당히 나쁘셔. 심지어 나보다도 안 좋으시지. 지난 몇 달간 살도 급격히 빠지셨어. 초췌해 보이셨고 안색은 창백하고 숨은 가빠셨지. 이제 계단도 항상 한 발을 먼저 다음 층계로 올리고 다른 발을 뒤따라 올리는 식으로 어린아이처럼 오르셔. 지난주에 그 모습을 보고 얼마나 마음이 아프던지, 이런 게 인생의 순환이구나 싶었어. 나이가 들면 어린아이로 되돌아가잖아.

문득 그런 생각이 들었어. 우리가 이 세상에 태어날 때 떠나온 그곳에 있는 사람들은 우리를 잃었다는 슬픔에 잠겼겠지. 이 세상에서 우리가 죽으면 그들에게는 마침내 우리를 다시 만나게 되는 축제날이 될 것 같다는……

어느 날인가 어머니는 불편한 걸음으로 거실의 소파로 걸어가시더라고. 발목이 퉁퉁 부어 장딴지와 구분이 잘 되지 않았어. 그러다 갑자기 정신을 잃고 쓰러지셔서 내가 가까스로 받아 안았어. 어머니는 이마에 찬 수건을 얹은 채 20여 분 누워 계셨어. 안색은 파리했지. 좀 나아지시고 나서 무슨 일이냐고 여쭤보니 그 전날 밤에 한숨도 못 주무셨다는 거야.

"불면증 있으세요?"

"아니야, 네 아버지 때문에 그래. 아버지가 잘 못 주무시더라고."

"어머니, 왜 손님방에서 주무시지 않으세요?"

"네 아버지가 자기 옆에서 자라고 하시잖니."

아버지는 부부침대 옆에 놓아드린 환자용 전동침대에서 주무셔. 어머니는 부부침대를 쓰지 않으셔. 손님방에서 쉬려고 안 쓰시는 것 같아.

어떤 날 아버지는 다섯 번, 아니 열 번씩이나 깨서 매번 다른 걸 요구하시곤 해. 적어도 아버지를 돌보는 사람들 눈에는 이상하고 억지를 부리는 요구사항인 게 많지. 우리는 그 말씀을 들어드리든지 아니면 끝없이 말싸움을 하든지 해야 하는데 환자랑 말싸움은 절대 권할 만한 방법이 아니잖아. 베게가 잘못 놓였다든지, 침대 시트에 주름이 잡혀 잠을 제대로 잘 수 없다든지, 물 한 컵을 새로 가려오라고 하시고는 1분이나 걸려 한 모금도 채 안 되게 잡수시든지 아니면 사레들리거나 도로 뱉어내시든지, 솜털로 된 잠옷 바지에 눌려 답답하다며 벗기라고 하시든지 그런 식이야.

어머니가 연민의 정을 품고 돌봐주시지만 이건 점점 노예생활과 진배없어지고 있어. 어머니가 차마 거절을 못 하니까 그 대가를 치르시는 거지. 아버지가 마침내 잠이 들고 나면 피곤이 한계점을 넘은 어머니는 그제야 잠을 좀 자볼까 하시는 거지. 그런데 아버지가 또 잠꼬대를 하거나 숨이 고르지 않거나 가쁜 숨을 몰아쉬면 어머니는 또 아버지가 곧 돌아가시는 건 아닌가 살피다가 잠을 설치시는 거야. 잠자리에 들기 좋은 소리는 아니잖아.

이럴 때도 있어. 아버지가 전혀 움직이지 못하시니까 숨소리가 고요해서 잘 들리지 않을 때가 있는데, 그럴 때면 어머니는 또 기겁을 해서 아버지가 아직 살아 계신지 확인하셔. 조마조마한 마음으로 아버지 얼굴 쪽으로 고개를 숙이고 숨은 쉬는지, 가슴께가 움직이는지 살펴보니 편하게 잠드실 수가 없지.

얼마 전에는 재밌는 상황반전이 일어났어. 아버지가 어머니에게 꼭 당신 옆에서 자라고 하시는 거야. 출장을 많이 다니셨던 아버지 때문에 어머니가 집에서 혼자 주무실 일이 많았는데 어머니가 그걸 참 싫어하셨거든. 삶의 신기한 아이러니 같아. 얄궂은 일이지.

3주 전에 아버지가 우리 집에서 주무셨어(어머니가 조금이라도 쉴 수 있게 가끔 며칠씩 우리 집에 모시거든). 아버지가 머리맡에 놓아드렸던 무전기로 나를 찾으시더라고. 가봤지. 아버지가 순진한 목소리로 내게 말씀하셨어. 남자라면 누구나, 심지어 아플 때도 포기하지 않는 자존감은 흔적도 없이 사라지고 없었어. 나이가 들면 상황이 바뀌나봐.

"내 옆에서 자라!"

"아버지, 그러기엔 침대가 너무 작잖아요!"

나는 거절했어.

솔직히 말하자면 나 하나 누울 자리는 만들 수 있었을 거야. 아버지는 지금 뼈와 가죽밖에 남지 않아 50킬로그램도 되지 않으시거든. 화장실에 모시고 가거나 샤워를 시켜드릴 때마다 얼마나 마음이 아픈지. 그 모습은 봐도 봐도 적응이 안 되더라고.

"아니야, 이 침대 엄청 커!"

아버지의 억지스러운 주장에 놀라기도 하고 그 천진함에 당황하기도 했어.

엄청 크다니. 당신이 얼마나 외로운지 강조하시는 것 같았어. 아니면 아마도 얼마나 불안한지 보여주시거나. 아버지는 폴, 너를 비롯한 요즘 사람들처럼 철학적인 의미에서 유물론자이셔. 죽은 다음에는 아무것도 없다고 생각하시지. 끝이 보인다는 게, 그러니까 정말로 모든 게 끝난다는 게, 의식이 없어진다는 게, 죽음이란 단지 어두운 구덩이에 묻히거나 한 줌의 재로 유골함에 담기는 거라는 게 아마 가장 겁나고 고통스럽고 두려운 일이 아닌가 싶어.

우리가 아무리 철학적이고 완벽한 논리를 동원해서 이제 더 이상 아프지 않을 거라고 설명을 해도 별로 위로가 되지 않아. 여자에게 버림받은 남자에게 세상에는 훨씬 더 불행한 사람이 많다며 나병에 걸리거나 배고파서 죽어가는 아이들이 있다는 등의 예를 들어도 별로 위로가 되지 않는 것처럼 말이지. 우리는 자신에게 닥친 불행 앞에서 누구나 혼자거든. 빅토르 위고의 말을 다시 한 번 인용하자면 '지옥의 다른 이름은 고독'이라잖아.

왜 그랬는지 모르겠지만 난 싫다고 했어. 바보 같이 내 나이에 아버지 곁에서 잔다는 게 부끄러웠나봐. 아무리 아버지 연세가 85세라고 해도 말이야. 안녕히 주무시라고 아버지 이마에 입을 맞추고는 내 방으로 돌아왔어.

지금 아버지가 돌아가셨을 수도 있다고 생각하니 왜 그런 아무것도 아닌 부탁을 거절했을까 후회가 되네. 내가 옆에서 잤더라면 아버지가 참 좋아하시고 한결 안심하셨을 텐데. 갑자기 마음이 무겁고 찢어지는 것 같아. 내가 왜 그렇게 차갑게 굴었는지, 이기적이었는지, 멍청하게 멋쩍어했는지…….

그래, 아마 돌아가셨을지도 몰라……. 새삼 놀랄 일도 아니지. 도움이 될 만한 약은 모두 드시면서 실낱같은 희망에 의지해 근근이 연명해 오신 셈이니까. 어머니 일을 좀 덜어드릴 겸 내가 매주 아버지 약을 타 오는데, 어느 날인가 처방전을 읽어 보게 됐어. 환자의 고통을 덜어준다는 약의 이름만 읽었을 뿐인데도 난 어디가 아픈 것 같더라고.

쿠마딘, 이건 혈전에 관련된 약이고, 신지로이드……. 으으으! 등줄기가 서늘했어. 안드로이드용으로 고안해 개발된 약 이름 같잖아. 실제로는 갑상선호르몬제이지만 말이야! 토록신, 이건 심장약이고, 테바-아미오다론은 심박동 관련 약이고, 란-돔페리돈……. 돔페리농과 발음이 좀 비슷하지만 이건 위산역류 방지용 약이야.

물론 의학과 약학이 발달해서 옛날에는 치료할 수 없었던 병을 낫게 하는 놀라운 기술을 선보이고 있지. 그렇지만 늦은 나이까지 열정적으로 사셨던 아버지의 이전 모습과 지금은 사뭇 다른 걸…….

옛날 같지는 않더라도 어떻게든지 살고 싶어 하는 사람이 있다는 거 나도 알아. 아마도 우리 아버지도 그러신가봐. 한 달쯤 됐을까, 의지력 때문이었는지 아직 정정하다고 믿는 잠재의식 덕분이었는지 아버지는 곧 자리를 털고 정상적인 생활을 할 수 있을 거라고 믿으셨었어. 책도 보고 여행도 하고 골프도 치겠다고 하셨었지. "기억력이 돌아오면 브리지를 다시 할 거야"라고 말씀하시는데 가슴이 먹먹하더라고.

우리 모두 그런 일은 일어나지 않을 거라고, 아버지 상태는 돌이킬 수 없이 점점 악화되고 있고 조만간 세상을 떠나실 거라고 알고 있었지만 아무도 뭐라고 하지 못했어. 아버지의 환상을 깨뜨릴 수 없었지.

어느 날 어머니는 아주 사려 깊은 말씀으로 날 감동시키셨어. 어머니는 아버지가 자리보전하기 시작하면서 당신이 좋아하던 많은 일을 접으셨어. 여행도 다니지 않고 겨울이면 가시던 플로리다에도 가지 않고 활발하던 사교활동도 그만두셨지.

그렇다고 흔히 하는 말로 삶을 포기하신 건 아니야. 운전도 하고, (평생 파트너였던 아버지가 아닌 다른 사람과) 브리지 게임도 하고, 아쿠아로빅도 다니고, 시장도 보고, 바나나 케이크나 셰퍼드 파이도 만들고 85세의 연세에도 아직 수줍음을 타시지.

어머니는 아버지가 편찮으시고 나서 변한 상황에 얼마 동안은 힘들어하셨어. 충분히 이해할 수 있는 일이었지. 그러더니 "난 일평생 다른 사람들을 돌보며 살았다. 내가 좋아서 한 일이었어. 이제 네 아버지를 돌볼 거야. 지금 이 상황을 즐기기로 했단다"라고 말씀하시더라고.

85세의 연세에도 우리 모두가 마땅히 내려야만 하는 철학적 결론에 도달할 수 있다는 게 참 멋있게 보였어. 그리고 어머니가 '회복탄력성 (편집자주 : 역경이나 고난을 이겨내는 긍정적인 힘)'에 관한 책들을 읽은 적도 없었는데 그런 결론을 내리셨다는 게 더 놀랍고 아름다웠지. 어머니는 마음에서 우러나온 회복탄력성을 몸소 완벽하게 보여주셨어.

"나는 내 상황을 즐기기로 했다."

이 말에는 존경할 만한 현명함이 담겨 있다고 생각해. 어머니 친구 중에 몇 분은 병든 남편을 요양병원에 맡기고 어머니에게도 그렇게 하라고 권했지만 어머니는 아버지를 포기하고 요양병원에 입원시키는 대신 말년을 아버지에게 투자하기로 결정하셨어. 3주가 될지 3개월이 될지 아니면 3년이 될지 아무도 몰랐지. 의사들끼리도 말이 달랐어. 게다가 1년 전에 아버지가 3개월에서 길어야 6개월을 넘기기 어려울 거라고 했던 의사는 쉰 살에 심장마비로 죽었거든!

나는 내 상황을 즐기기로 했어. 폴, 너는 어때? 꼭 이루고 싶은 다른 꿈이 없으니 너도 네 상황을 즐겨야 할 것 같지 않니? 네가 내게 이야기했던 꿈은 제외하고 말이야. 나한테 한 이야기라곤 은퇴뿐이니까…….

주어진 상황을 즐기는 것이 지상에서 네게 주어진 의무이자 사명이라는 신호가 아닐까? 우리 생각보다 훨씬 현명하고 섬세한 소설가인 삶은 우리가 자신을 갈고닦고 계발하기 위해 꼭 있어야 할 곳에 있도록 만들지 않았을까? 그러니 우리가 할 수 있는 가장 지혜로운 선택이자 가장 합리적인 태도는 지금 상황을 즐기는 거지…….

네 입장도 이해해. 언제나 깨달을 수 있는 것은 아니니까. 폴, 넌 아마 '아주 신나는 은퇴가 이제 2년, 아니 18개월 남았는데 그동안 내 일을 싫어한다고 뭐 문제될 거 있겠어?'라고 생각할 수도 있어. 그렇지만 그건 너무 암울한 미래가 아닐까? 네게 악담을 하자는 건 아니야. 넌 분명 백 살이 넘게 살 거야. 그렇지만 너한테 시간이 2년 아니 5년밖에 남지 않았다면 어떨지 생각을 해봐!

난 테이블에 아침식사 값을 놓고 자리에서 벌떡 일어났지. 리셉션에 가서 숙박비도 계산했어. 더 이상 긴장감을 참을 수가 없었어. 나쁜 소식이라 할지라도 무슨 일이 어떻게 돌아가고 있는지 알아야 했어.

리셉션 옆 전원풍의 로비에 있는 돌로 된 거대한 벽난로 앞에서 먼저 집으로 전화를 걸었어. 아무도 받지 않았지. 놀랄 일도 아니었어. 아내는 원래 전화를 극도로 싫어하고 줄리아는 집 전화는 거의 받지 않거든. 친구들이랑은 휴대전화로 통화하니까. 아니, 문자를 주고받는 걸 더 좋아하니까. 전화통화는 이제 구식이래!

아내의 휴대전화로도 전화를 해봤지만 소용이 없었어. 심지어는 음성메시지도 남길 수 없었지. 음성메시지함이 꽉 차 있었어. 아내는 한 달에 세 번밖에 메시지함을 확인하지 않거든!

여동생들에게 전화했어. 둘 다 받지 않더라고. 마치 전화를 받는 것보다 훨씬 중요한 일이라도 하는 것 같았어. 마치…… 마치 아버지의 마지막 가시는 길을 지키는 것 같이! 아니면 어머니 곁에 있든지! 아니면 두 분 중 한 분이 이미 돌아가신 것처럼…… 아니면 두 분 다!

마지막으로 부모님 집에 전화를 했어. 통화중이더라고. 자주 있는 일이야. 어머니가 통화를 많이 하시기도 하지만 종종 수화기 밑에 전화선이 끼이게 잘못 놓으시거든. 아니면 아버지가 그러셨을 수도 있어. 어머니 말씀에 따르면 말이야. 세상의 모든 노부부가 그렇듯이 우리 부모님도 사소한 실수를 서로 상대방 책임으로 돌리지. 서로에 대한 사랑이 변해서가 아니라 그저 노망났다는 소리를 듣기 싫으신 거야. 연세가 드셨어도 각자 자존감은 있는 거니까.

죄책감이 점점 깊어졌어. 참을 수 없이 불안해져서 길을 나섰어. 아내와 동생들, 어머니에게 열 번이나 전화를 했지만 아무도 받지 않았어. 11시 30분쯤 집에 도착했을 때 난 완전히 녹초가 돼 있었지.

"마크, 당신 얼굴이 너무 창백해요. 무슨 일 있었어요? 여행이 별로였어요?"

아내가 물었어.

"동생들이 메시지를 남겼더라고. 아버지나 어머니께 무슨 일이 생긴 것 같아."

"아…… 나는……."

우리는 잔뜩 걱정을 하며 줄리아를 데리고 길을 나섰어. 줄리아에게는 무슨 일인지 다 이야기하지 않았어. 어른들의 문제로 아이를 걱정시키고 싶지 않았거든. 줄리아에게 그분들은 조부모고 그 아이는 아직 살아야 할 날이 많으니까. 걱정 없이 해맑게 자라는 게 지금 그 아이가 할 일이고 또 그래야만 하니까. 사람은 누구나 각자 나이에 걸맞은 슬픔과 기쁨을 누려야 하는 거잖아!

어린아이들은 어쩌면 우리 생각보다 훨씬 더 지혜로울지도 몰라. 고디라고 불리는 조카 고드프루아는 이제 겨우 아홉 살인데 어느 날인가 "왜 사람들이 할아버지를 보면서 슬퍼하세요? 죽는 건 아무 것도 아니에요. 그냥 천국에 가는 거예요!"라고 하더라고. '천국의 아이들'이 생각났어. 마르셀 카르네 감독의 유명한 영화 말고 천국이 무엇인지, 동시에 죽음이 무엇인지 제대로 이해하고 있는 아이들 말이야! 또 자기 이복형제인 로랑스가 차에서 만난 지 3주밖에 안 된 여자친구랑 티격태격하고 있는 것을 보더니 의젓하게 "말다툼은 나중에 해. 이제 겨우 만났잖아!"라고 하더래. 놀랄 만큼 어른스럽지 않니?

몬트리올까지 가는 길에 아주 끔찍한 생각이 들었어. 3일 전에 꾼 꿈이 생각난 거야. 예지몽 같았어. 옛날에도 몇 번 그런 적이 있는데, 내가 아는 누군가가 죽는 꿈을 꾸면 2주나 2개월 뒤에 그 사람이 실제로 죽더라고. 왜 그런 꿈을 꾸는지는 나도 모르겠어!

3일 전에 꾼 꿈에서는 서른 명 정도의 사람이 모여 있었어. 오랫동안 못 보고 지냈지만 그중 몇 명을 알아봤어. 넓은 홀이었는데 한쪽 벽에는 희한하게 종이 장식품이 붙어 있었어. 거기에는 익숙한 이름이 쓰여 있었지. 피에르 펠라도 씨가 설립한 퀘베코 상사의 옛날 직원들이었어. 피에르 펠라도 씨는 아버지가 재정자문으로 계실 때 가장 큰 고객이자 친구셨지.

가까이 가서 장식품을 들여다보니 납골당 벽에 있는 장식이랑 비슷해 보였어. 사람들이 납골당에 오면 묘지에서 묘비에 꽃을 놓듯이 꽃장식을 벽에 붙이잖아. 그런데 작은 종이장식 안에는 이상하게 꽃 대신 팝콘이 붙어 있었어. 그래, 영화관에서나 축제 때 먹는 팝콘 말이야……. 아마 죽음에 동반되는 장중한 분위기에도 불구하고 실제로 죽음은 아무 것도 아니고 가벼운 일이라는 걸 이미지로 보여주고 싶었던 가봐. 마치 영화에서처럼…….

영화에서는 사람들이 진짜 죽지 않잖아. 그저 픽션이니까……. 내 꿈에서 겪은 픽션은 그래도 현실적인 무언가가 있었어. 작은 종이장식 안에 팝콘이 있는 게 이상하다는 걸 깨달은 순간 10년도 더 전에 돌아가신 피에르 펠라도 씨가 내게 다가와 이렇게 말씀하셨거든.

"네 아버지와 나는 정말 놀랍도록 멋진 삶을 살았단다. 엄청난 성공을 거뒀지."

그러더니 말이 끝나기가 무섭게 울음을 터뜨리셨어! 그래서 난 내가 아버지 장례식에 참석하고 있다는 걸 알게 됐지. 물론 피에르 펠라도 씨는 실제 아버지 장례식에 참석하지 못하시겠지만 살아 있는 전직 퀘베코 직원들은 오시겠지.

그 꿈이 예지몽이었고 동생들이 남긴, 중간에 끊긴 메시지를 듣고 불안해진 게 다 이유가 있었다는 생각이 들자 난 액셀러레이터를 더 세게 밟았어.

마침내 우리가 상튀에르 복합단지에 있는 가족 콘도의 문을 열었을 때 예상하지 못했던 초현실적인 장면이 우리 앞에 펼쳐졌어.

19
죽음에서 우리가
배울 수 있는 것들

모든 가족이 다 모여 있었어. 분위기는 초상집 같지 않고 오히려 파티를 여는 것 같았지. 다들 샴페인을 마시며 웃고 즐기고 있었어. 어머니가 좋아하시는 샤를 아즈나부르의 로맨틱한 목소리가 방 안 가득 울려 퍼지고 있었어.

담갈색과 크림색 줄무늬가 그려진 천막으로 햇살을 가린 널따란 테라스에서 파티가 열리고 있었어. 루이즈에게 다가갔더니 내게 이렇게 묻더라고.

"어디 있었어? 열 번도 넘게 전화했었다고!"

나는 무슨 일인지 살피면서 건성으로 대답했어. 점점 침착함도 되찾았지.

"잠깐 바람 쐬러 여행 갔었어."

"엄마가 결국 쉰아홉 번째 결혼기념일 파티를 하기로 하셨어. 모든 가족이 다 참석했으면 좋겠다고 하시더라고."

아내와 줄리아, 나는 테라스로 나갔어. 어머니는 극도로 피곤하신데다가 조금씩 삶의 불꽃이 꺼져가는 아버지를 바라보는 슬픔까지 겹치셨는데도 불구하고 어릴 적 우리 파티의 흥을 돋워주던 유머감각과 시적 감수성을 잃지 않으셨더라고.

아버지는 최대한 버티다가 마지못해 승낙하신 휠체어에 앉아 계셨어(보행보조기구를 사용하실 때도 마찬가지셨어. 지팡이를 짚고도 수없이 넘어지기 시작하자 어쩔 수 없이 포기하셨지만 말이야). 턱시도를 입고 계셨지. 좀 더 정확하게 말하자면 상의는 턱시도고 바지는 파자마를 입고 실내화를 신고 계셔서 독특한 모습이긴 했어. 아버지 병환으로 야위신 어머니는 웨딩드레스를 입는 데 성공하셨어. 작은 것까지 신경을 쓰셔서, 아니 초현실적인 소녀적 감수성 덕분이었는지 베일까지 쓰셨더라고! 그리고 웃자고 하신 일인지 향수를 불러일으키고 싶으셨는지 추억상자를 열어 결혼식 사진도 꺼내 보여주시며 자랑스럽게 "봐라, 우리는 하나도 변하지 않았어!"라고 하셨어.

결혼하실 때 두 분은 스물다섯 살이셨어. 잘생기고 예쁘셨지. 지금은 85세가 되셨어.

모든 사람이 웃으며 한마디씩 했지. 그렇지만 다들 마음 한구석이 찡했을 거야. 눈물도 꾹 참았을 테고.

우리는 식사를 하고 거실에 모였어. 클라라와 선생님이 아버지를 위해 슈베르트의 '네 손을 위한 환상곡'을 연주했어. 아버지는 클래식 음악 듣는 걸 참 좋아하시거든. 텔레비전 앞에서는 바로 주무시지만 말이야(요즘 젊은 세대랑 정반대라니까!). 열한 살짜리 조카딸 플로랑스도 음악을 하는데 이번에는 페이지터너를 맡았어. 연주는 형편없었지만 그래도 참 아름다웠어. 뭐라고 설명할 수 없는 감정이 거실을 채웠지. 아버지 입가에는 따스한 미소가 떠날 줄을 몰랐어.

사촌형제들이 마리아 칼라스가 불러 더 유명해진 푸치니의 오페라 아리아 '오 나의 아버지'를 아카펠라로 부르기 시작하자 분위기는 더 무르익었지. 그때까지 눈물을 잘 참았던 나도 이번에는 더 이상 참지 못하고 오페라에서 고통 받는 여주인공처럼 베키오 다리로 달려가 아르노 강으로 뛰어내리고 싶었어. 이제 곧 아버지의 인생도 막이 내릴 거라는 생각이 들었거든.

또 레오나르도 다 빈치가 머물렀던 피렌체에 마지막으로 갔던 때도 생각났어. 베키오 다리 위에서 봤던 아르노 강이 떠올랐지. 그늘에서도 40도가 넘게 무더운 날씨였지. 아내랑 같이 갔었는데 그때 아내는 줄리아를 임신한 지 5개월째여서 계속 뒤로 처지면서 연신 이마의 땀을 닦아냈었지. 인생은 유수와 같다는 식상한 생각이 들었어. 흔한 감정이라고 해서 면역력이 생겨 상처 받지 않는 건 아니잖아. 나는 눈물을 감추려고 재빨리 화장실로 갔어. 한창 나이의 아버지가 생각났거든.

나와 동생들을 데리고 씩씩하게 스키를 타러 가던 우리 아버지, 파티가 열릴 때면 마이크를 잡고 한말씀 하시던 유쾌한 아버지, 나랑 자주 골프를 치러 나가셨던 아버지, 어머니가 피아노 위에 올려놓은 결혼사진에서 보이듯이 잘생기고 밝은 표정에 긍정적이신 아버지…….

화장실에서 돌아오니 작은 음악회는 끝이 났고 아버지 모습은 보이지 않았어. 나는 기겁을 했지. 온 신경이 곤두섰다고 해야 할 거야. 쓸데없는 걱정이었지만……. 그렇지만……. 간병인이 밀어주는 휠체어를 타고 방에서 나온 아버지는 눈을 감고 계셨어. 이상했지.

"다디오, 뭐 하세요?"

아버지는 눈을 감은 채 아무런 대답도 하지 않으셨어. 명상을 하고 싶으신 것인지 아니면 벌써 잠드신 것인지. 벌써 잠드신 건 말이 안 됐지. 1분 전까지만 해도 우리가 열어드린 작은 음악회를 보고 감동하셨으니까. 지금까지 함께했던 동생들과 손님들도 다들 의아해했지. 아내가 무슨 일인지 걱정스럽다는 표정으로 나를 바라봤어.

내가 재차 물었지.

"아버지, 뭐 하세요? 가족들이 다 여기 있잖아요!"

그러자 눈은 여전히 감은 채 괴상한 대답을 하셨어.

"그 사람들이 나더러 눈을 감고 있으래……."

아내와 나는 어리둥절해서 서로를 바라봤지.

그 사람들이라니, 누구를 말씀하시는 걸까?

저세상 사람들이 아버지와 우리가 죽음에 대한 준비를 하도록 온 걸까? 눈을 감은 채 거실로 들어오는 아버지를 보는데 마치 곧 임종을 하실 것 같기도 하고 묘지에 누워 계신 것 같기도 하다는 생각이 들었어. 그냥 휠체어를 타신 것뿐이었는데 말이지.

"하지만 아버지, 파티에서 그렇게 눈을 감고 계시면 어떻게 해요?"

나는 부드럽게 나무랐어.

아버지는 마침내 눈을 뜨셨어. 요즘 부쩍 자주 망상에 사로잡혀 헛소리를 하시던데 이번에도 그런 게 아닌가 싶었어. 다행히 헛소리를 하는 시간은 아주 짧았고 주로 밤에 그러셨지.

그 전날에도 어머니가 방에 들어가니까 아버지는 세상에서 가장 진지한 목소리로 간병인에게 이렇게 말씀하셨다더라고.

"저 여자가 책임자야."

"무슨 책임자인데요?"

어머니가 물으셨지.

"내 여행."

"무슨 여행이요?"

"난 하늘로 가버릴 거야!"

아버지에게는 다소 의외의 목적지였지. 전에도 말했지만 아버지는 너처럼 유물론자시거든. 죽음이 가까이 다가오니 아버지 마음속에 철학적 변화가 일어났나봐. 난 아버지의 철저한 유물론에 가끔 서글펐었거든. 아버지가 몹시 불안해하시는 이유도 유물론 때문이라고 생각했어.

아버지가 돌아가시는 순간, 아니 소위 죽는다고 하는 그 순간이 되면 아버지가 자신의 생각이 잘못됐다는 점을 깨달으실 수 있을 거라고 내 스스로를 달랬어. 그리고 아버지는 미소 지으실 거야! 깨달음만큼 확실하고 효과적으로 우리를 미소 짓게 만드는 건 없잖아. 특히 죽음처럼 심각한 문제일수록 말이야! 맞아, 아버지는 돌아가시는 순간 '우리 아들이 옳았구나!' 하실 거야. 폴, 난 100퍼센트 확신해.

아버지가 모두를 걱정시키다가 마침내 눈을 뜨시고 나니 어머니는 다시 아즈나부르의 감미로운 음악을 트셨어. '옛날식 즐거움'이었지. 경쾌한 도입부가 지나자 아즈나부르의 노래가 나왔어.

"이리 와, 그대와 나 함께 옛날식 즐거움을 누려보자……."

아버지 얼굴이 환하게 밝아지셨어. 옛 추억에 젖으신 거지. 힘없는 다리, 떨리는 손, 발꿈치의 괴저 등은 모두 잊으신 것 같았지. 특히 왼쪽 다리는 비 맞은 버섯처럼 하룻밤 사이에 갑자기 파랗고 시꺼멓게 변해서 우리는 다리를 절단해야 하는 건 아닐까 무척 걱정을 했었지. 아버지는 어머니를 향해 돌아서시더니 그 옛날 청년처럼 춤을 신청하셨어.

"저와 함께 추시겠습니까?"

당황한 어머니는 재치 있는 핑계거리를 대셨어.

"어머, 앨버트! 당신은 지금 지팡이도 없잖아요! 마크네 집에 두고 왔나봐요."

사실이었어.

"지팡이 대신 우산을 쓰면 돼!"

분명 말도 안 되는 소리였지만 그렇게 바보같이 들리진 않았어. 순진하게 고집을 부리시는 아버지 모습이 오히려 애처로웠지.

나는 다른 작전을 펴는 게 낫겠다 싶었어. 아버지 곁에 무릎을 굽히고 앉아 아버지의 일에 대한 화제를 꺼냈어. 아버지는 일 이야기는 언제라도 흥미로워 하시거든. 그래서 한참 전부터 무척 궁금했던 질문을 하기로 했지.

"일을 하시면서 언제 가장 전성기라고 느끼셨어요?"

"여든다섯 살 때!"

자조의 달인다운 농담이었어.

나도 따라 웃었어. 그리고는 다시 여쭤봤지.

"아니요. 진짜로요, 아버지."

"쉰다섯 살 때였다. 경력도 쌓였고 에너지도 넘쳤지."

그 말을 들으니 기운이 났어. 마치 운명의 계시 같았지. 2년 반 전부터 난 시나리오 작가로 할리우드에 진출하려고 미친 듯이 노력하고 있었거든. 쉬운 일이 아니었어. 물론 내가 태생적인 낙관론자이긴 하지만 가끔은 여러 가지 이유로 회의에 빠졌는데 그중 하나가 나이였거든. 잠깐이나마 좌절했던 시간 동안 난 시도를 해볼 수는 있지만 성공하기에는 나이가 너무 많다는 생각이 들었어. 그러다가 건강도 좋지 않은 레이 크록이 55세에 맥도날드 사업을 시작했고, 빅토르 위고는 60세에 『레미제라블』을 탈고했으며, 레오나르도 다빈치는 최고의 걸작인 '모나리자'를 60대에 그렸다는 사실을 떠올렸지. 누구나 인정하다시피 그 사람들은 엄청난 천재들이었는데도 말이야.

어쨌든 소설가나 사업가, 시나리오 작가는 운동선수처럼 나이의 제약이 없잖아. 지적 능력이란 좋은 와인과 같아서 사용하기만 한다면 연륜과 함께 향상된다고.

폴, 너는 어때? 너에게도 힘이 되는 소식 아니니? 넌 마흔아홉 살이나 먹었다고 불평하지만 다시 생각해 보면 네 지적 능력의 정점에 다가가고 있는 건 아닐까? 그러니 불평하는 대신 오히려 기뻐해야 하지 않을까? 우리 아버지처럼 더 나이가 들어 기억력도 떨어지고 정신도 혼미해지고 팔다리도 거의 마비되기 전에 이 능력을 최대한 활용해야 하지 않을까? 넌 아직 그 정도는 아니잖아. 한참 멀었지. 흔히 하는 말로 넌 아직 앞길이 창창하잖아. 그렇지만 시간은 참 빠르게 흘러가. 나이가 들수록 더 빠르게 가는 것 같아. 너도 눈치 챘지?

고디가 다가와서 아버지와 나의 대화는 중단됐어. 고디가 직접 포장한 선물상자를 아버지께 드리더라고. 아버지는 서둘러 선물을 열어보셨지. 손에 힘도 없고 떨리기까지 해서 우리가 보기에는 한참 느렸지만 말이야. 마치 선물 개봉의 설렘을 즐기시려는 것 같기도 했어. 고디는 신이 나서 눈을 동그랗게 뜨고 박수를 쳤지. 벌써 좋아서 볼까지 발그레해졌더라고.

마침내 아버지가 선물상자 뚜껑을 여셨는데……. 상자 속이 비었더라고! 고디바 브랜드의 초콜릿 선물상자였어. 고디가 말장난(역주 : '바'는 프랑스어로 '가다, 사라지다'라는 뜻이 있어 '고디가 사라지다'는 말장난이 가능)

을 응용해 일부러 그 상자를 고른 것인지 아니면 그저 우연이었는지는 잘 모르겠어. 아버지는 고개를 갸우뚱하시더니 미소를 짓고는 금빛 곱슬머리에 볼이 통통한 귀여운 손자를 바라보셨지.

"선물 넣는 걸 까먹었니?"

"아니에요, 할아버지. 이건 뽀뽀상자예요. 할아버지가 상자를 여실 때마다 제가 뽀뽀를 해드릴 거예요."

"뽀뽀를 몇 개나 넣었는데?"

그런 생각까지 미처 하지 못했던 고디는 예상치 못한 질문에 놀라 잠깐 고민했어.

"음…… 열 개요!"

"그러면 이 뽀뽀는 1년에 하나씩 받아야겠구나. 난 고디가 열여덟 살이 돼서 어른이 될 때까지 살 거니까!"

그 자리에 있던 모든 사람들이 박수를 쳤어. 모두들 아버지의 현재 상태로는 뽀뽀 선물을 다 받지 못하실 거란 사실을 알고 있었지만 말이야. 하지만 현실에 잠깐 눈을 감는 것도 괜찮은 순간이었어. 대책 없이 긍정적인 기운을 마지막으로 우리에게 전해주려는 마음이 담긴, 참으로 아버지다운 말씀이셨거든.

폴, 나이든 우리 아버지에 대한 이야기를 이렇게 길게 한 이유는 우리에게 소중한 누군가가 죽는다는 것은, 아니, 그 사람에게 죽음이 다가오고 있다는 것을 바라보는 건 우리에게 어떻게 살아야 하는지 알려주기 때문이야.

망설이지 말고 우리가 하고 싶은 일을 하고, 꿈꾸는 삶을 살고, 다투고 멀어진 사람과 화해하고, 오랜 시간 동안 계획했지만 몇 번이나 미루어 왔던 여행을 떠나야 해. 정리하자면 **절박하게 살아야 한다**고. 폴, 여기에 대해 생각을 해봐. 곰곰이 생각해 봐.

여기까지 썼는데 전화벨이 울렸어. 시몬에 대한 걱정이 기우가 아니었다니까! 상상력이 나를 가지고 장난을 친 게 아니라 직관이 나에게 경고 메시지를 보낸 거였어!

20
세상의 불공정에 대한
탁월한 해석

나는 믿을 수가 없었다. 말도 안 돼. 인생은 한 편의 코미디가 아니지 않는가. 내 친구 시몬이 걱정했던 대로 일산화탄소로 질식해 죽으려고 했다니!

시몬은 수영장 청소기 호스를 최신 포르쉐 머플러에 연결해 차체로 배기가스가 유입되게 만들고 시동을 걸었다! 시몬의 첫 번째 부인인 롤라가 비난을 퍼부으려고 매주 하는 전화를 걸었을 때 그가 어딘지 모르게 이상하다는 점을 발견했다. 시몬이 빈정거리거나 비꼬기는커녕 유례없이 주의 깊은 태도로 롤라의 말을 경청하는가 하면 다정한 말도 하고 급기야는 "내 인생에 당신을 만나 행복하다"는 묘한 고백까지 한 것이다.

시몬은 거의 만취하는 일도 없는 친구였고 더군다나 그때는 저녁 7시밖에 되지 않은 시간이었다. 롤라는 수상한 낌새를 눈치챘다(여자들은 모든 것을 알고 있다!). 걱정이 된 롤라가 시몬의 집으로 달려온 덕분에 시몬은 치명적인 상황을 피할 수 있었다.

병원에 찾아갔을 때 시몬은 다행히 위험한 고비는 넘겼지만 인공호흡기를 달고 잠이 든 상태라 이야기를 나눌 수는 없었다.

롤라가 시몬 곁을 지키고 있었다. 시몬의 딸 에밀리도 있었다. 에밀리는 올해 열여섯 살에 금발머리가 예쁜 아이인데 원색적인 화장을 하고 있었다(그게 그 나이 또래, 아니면 그 아이의 취향인가? 취향이 없다는 게 맞겠지만 보는 사람마다 다르겠지). 열여덟 살인 조나단은 맥도날드 유니폼을 입고 있었다. 변호사 아버지에게 절망을 안겨준 바로 그 아이다!

롤라와 에밀리는 울고 있었다. 조나단은 울지는 않았지만 슬퍼보였다. 무엇보다 자신의 영웅이자 초인이고 '위너'인 자기 아버지가 모두의 기대를 저버리고 (자신과 같은!) '루저'나 할 법한 일을 했다는 사실을 이해하지 못하는 것 같았다. 난 조나단이 아버지의 자살기도가 자기 탓이라고 생각하는 것을 눈치 챘다. 자신이 아버지처럼 변호사가 되려고 하지 않고 맥도날드에서 최저임금을 받고 일하며 인생을 망치는 모습이 치욕스럽고 실망스러워서 아버지가 이런 일을 벌였다고 생각하는 것 같았다.

"제시카에게 연락하셨어요?"

롤라가 조심스럽게 물었다.

롤라는 마흔두 살로 크고 파란 눈에 갈색머리를 가진 보기 드물게 아름다운 여성이었다. 시몬과 젊은 여자의 관계가 비밀인 양 딸이 이 대화를 못 들었으면 하는 것 같았다.

"아니요. 안 하는 게 좋을 것 같아요. 둘이 헤어졌잖아요."

"헤어졌나요?"

롤라는 많이 놀란 것 같았다. 만족스러운 것도 같았다. 티를 내지는 않았지만 난 알 수 있었다. 벌써 전에 이혼한 전 남편의 젊은 애인을 아직도 라이벌로 생각하나보다!

"네, 며칠 됐어요."

내가 대답했다.

"아! 며칠 됐군요."

갑자기 실망스러운 표정이 됐다. 시몬이 개인적인 이야기를 자기에게 해줬더라면 하는 것 같았다.

잠시 침묵이 흘렀다.

에밀리가 물었다.

"그 여자가 먼저 헤어지자고 했어요?"

"음, 그래. 아마도 그럴 거야……."

"아마도요?"

"시몬이랑은 어느 장단에 춤을 춰야 할지 모르잖니!"

"말도 마세요!"

롤라가 대답했다.

"그런데 그 여자 때문에 시몬이……."

"아, 아니에요! 그건 제가 장담합니다. 제시카는 그저 지나가는 인연이었어요."

롤라는 살짝 미소를 짓더니 다시 어두운 얼굴이 됐다.

"그러면 저이가 왜 그랬을까요? 전혀 저 사람 스타일이 아니에요. 이런 말도 안 되는……."

롤라는 자살기도라고 말하려는 것 같았다. 아직도 시몬을 사랑하는 그녀의 육감이 아니었다면 시도로 그치지 않았겠지만!

나도 마땅히 대답할 말이 없었다. 아마 제시카 때문이라고 말할 수도 있었겠지만 이미 힘든 그녀에게 더 이상 상처를 주고 싶지 않았다. 그리고 진짜 제시카 때문이 아닐 수도 있었다.

"폴에게는 말씀하셨어요?"

"네. 그렇지만 폴은 못 올 거예요. 적어도 오늘은요. 폴이 많이 힘들거든요. 요즘 잘 못 지내요. 불안하기도 하고. 그래서 전……."

"아, 알겠어요. 괜찮아요. 와주셔서 감사해요."

"당연히 와야지요. 시몬은 형제 같은 친구인데……."

저녁 9시경에 병원을 나서면서 폴을 보러 갈까 하다가 그냥 집으로 돌아왔다.

아내에게 시몬 이야기를 했더니 깜짝 놀랐다. 아내도 시몬이 그런 짓을 할 수 있을 거라고 꿈에도 생각해 보지 않았으리라. 우리는 맥주를 한두 잔 마시고 자러 갔다. 하지만 난 잘 수가 없었다. 많은 생각이 들었는데 떨칠 수가 없었다.

폴, 시몬에게 있었던 일을 이야기하자 네가 보인 시니컬한 반응이 잊혀지지 않아. 넌 "그 위대한 나치가 또 친절을 베풀었군!"이라고 말했지. 충격을 받은 난 지금까지 미처 생각하지 못했던 많은 아이디어와 설득력 있는 설명이 떠올랐지. 지금 바로 너에게 그 이야기를 다 하지는 않을 거야. 먼저 다른 이야기를 해줄게. 그다지 널리 퍼지지 않은 사고방식에 대한 이야기지만 이런 마음가짐 없이는 자신의 분노를 잠재울 수도, 행복해질 수도 없다고 생각하거든.

난 올빼미형 작가는 아니지만 조심스럽게 침실에서 나가 서재로 쓰는 작은 방으로 갔지. 내가 많은 작품을 수월하게 쓸 수 있도록 만들어준 행복한 우연이 또 한 번 작용한 것인지, 누렇게 변한『로빈슨 크루소』를 정리하다가 떨어뜨렸어. 책이 바닥에 떨어지면서 펼쳐졌어. 우연히 책점을 보게 됐는데 무슨 내용인지 궁금하지 않을 수 있겠어?

아, 이렇게 놀라울 수가! 오른쪽 페이지에 너를 분개하게 만들고 수세기 전부터 '죄악의 신비(미스테리움 이니쿠이타티스 mysterium iniquitatis)'라고 불린 문제를 다루고 있더라고. 미스테리움 이니쿠이타티스는 '지상의 불공정'이라는 뜻이야. 철학적 마인드가 있든 없든 모름지기 사람이라면 언젠가 한 번쯤 자문하게 되는 문제잖아. 특히 자신이 피해자가 됐다면 더더군다나 말이야.

188

프라이데이는 순진해서 더 당황스러운 질문을 했다. 나는 프라이데이에게 부패한 자들을 벌하기 위해 형벌의 불을 만드신 전지전능하신 신에 대해 오랜 시간 설명을 했다.

프라이데이는 갑자기 궁금한 듯 물었다.

"하나님, 강하고 위대해. 주인님이 그랬어. 그런데 하나님, 악마만큼 강하고 힘 안 세?"

"아니야. 훨씬 더 강하고 위대하시단다, 프라이데이. 그래서 하나님께 악마의 유혹을 물리치게 해달라고 기도하는 거야."

"하나님, 악마보다 강하고 힘이 세. 왜 하나님, 악마를 안 죽여?"

나도 신학은 아직 입문 단계여서 뭐라고 대답해야 할지 몰랐다. 난 그 질문을 못 들은 척했다. 프라이데이는 서툰 말로 계속 같은 질문을 했다. 그러는 사이 어떻게 대답을 하면 좋을지 약간 정리가 됐다. 나는 이렇게 대답했다.

"결국 하나님은 악마를 호되게 벌주실 거다. 지금은 심판의 날을 기다리시는 거야."

"이해 못 해. 왜 악마, 지금 당장 안 죽여?"

로빈슨 크루소는 여러 가지 방법으로 설명해 봤지만 순진한 프라이데이에게 신의 정당성을 납득시키는 데 실패했어. "왜 하나님은 지금 당장 악마를 없애지 않느냐?"는 질문에 대해 대답하지 못했지.

폴, 프라이데이는 너를 닮았어. 프라이데이가 17세기 아닌 20세기에 태어나 제2차 세계대전의 공포를 겪었다면 신을 이야기할 때 '위대한 나치'라는 표현을 썼을지도 몰라. 흥미로운 우연의 일치라고 생각하지 않니? 우리가 어릴 적 르노 호숫가에 있는 너희 부모님의 별장 앞 작은 섬에서 놀 때 난 로빈슨 크루소 역을 맡고 넌 프라이데이 역을 맡았던 거 기억나니? 우리는 흔히 삶이 모순덩어리라고 하는데, 때로는 그만의 인과관계가 있고 신기하게도 앞뒤가 맞거든!

겨우 신학의 기본을 접한 미개한 프라이데이의 질문이 400년이 지난 오늘날에도 유효하고 무자비한 논리를 갖추고 있어.

"나 이해 못 해. 왜 하나님은 지금 당장 악마 안 없애?"

그래, 자칭 전능하고 한없이 선한 신은 왜 방해꾼이자 불쾌한 말썽꾸러기, 잔인한 악동인 악마를 지금 당장 없애지 않을까? 아니, 애초에 왜 악마의 존재를 허락했을까? 돌려보자면 신이 존재한다면 신은 분명 선할 거야. 그렇지 않으면 사탄보다 나을 게 없으니까…….

그런데 만약 신이 선이라면 악은 왜……? 쓰나미, 지진, 홍수, 가뭄 같은 자연재해는 왜 있을까? 세계적으로 전쟁, 민족학살, 기근, 테러는 왜 있을까? 좀 더 개인적인 측면에서 본다면 살인, 근친상간, 성폭력은 왜 있을까? 눈에 잘 띄지 않지만 분명 실재하는 미시적 측면에서 본다면 정신적 고뇌, 대도시에 살면서도 피할 수 없는 무한한 외로움, 우울증, 광란, 이혼, 자살은 왜 있을까? 쉰 살, 서른 살, 심지어는 어린아이

같이 꽃다운 나이의 사람들을 데려가는 암은 왜 있을까? 교통사고, 요절은 왜 있을까? 우리 주위에도 있어. 참 힘들었지. 우리의 멋진 죽마고우인 시몬은 왜 자살기도를 했을까? 시몬은 언제나 강하고 투지에 불탔는데 갑자기 무너졌어…….

폴, 설명할 수 있어. 나도 그 이유를 찾으려고 몇 년이나 보냈어. 수많은 책을 읽다가 우연히 깨달았지. 이제 폴, 너에게 알려주고 싶어. 그 이유를 알고 나면 너도 분노를 가라앉히고 세상과, 인생과 타협할 수 있을 거야. 폴, 넌 마침내 행복해질 거야. 그렇지 않더라도 이해하고 수용하게 되어서 좀 더 차분해질 거야.

사실 그 이유는 우리가 사는 세상의 중심이 되는 축이야. 이를 이해하려면 믿음을 보여야 해. 아니, 자신의 이성적 사유를 신뢰해야 한다고 하는 편이 낫겠다. 갈릴레오 갈릴레이와 같은 시대를 살던 사람들이 그래야만 했던 것처럼 말이지. 그들은 지구가 우주의 중심이고 태양이 지구 주위를 회전한다고 생각했었어. 갈릴레이는 1632년 대표작『2대 세계체계에 관한 대화』를 출간했지. 그 책은 출간 즉시 논란의 중심이 됐어. 누구나 알다시피 그는 이 책 때문에 종교재판에 회부되어 가톨릭 교회로부터 처벌을 받았지.

그리고 또 해야 할 일이 하나 있어. 이것도 큰 도움이 될 거야. 하늘이 맑은 여름 저녁에 밖으로 나가. 요즘 같은 7월 말에는 그런 날이 많잖아. 별이 빛나는 하늘을 바라봐. 모든 것이 심하게 오염된 도시와 멀리 떨어져 얼마나 아름답니!

마음을 열고, 감히 말하건대 철학적인 마음가짐으로 하늘에서 빛나는 별 수백만 개를 바라보며 갈릴레이와 같은 질문을 던져봐.

"지구가 정말 우주의 중심일까?"

갈릴레이가 시대적 편견, 특히 전능하신 가톨릭교회의 정통성에 반기를 들며 태양이 지구의 주위를 회전하는 것이 아니라 지구가 태양의 주위를 회전한다고 발표했던 것처럼 전 우주에 인간만 존재한다는 생각이 부당하지 않은지 스스로에게 물어봐!

2분만 생각해 봐! 엄청난 시간 낭비라고 생각하니? 조금만 이성적으로 생각해 보면 굳이 다른 행성에 직접 방문해 보지 않더라도 그곳에는 다른 존재가 살고 있을 것이고 우리는 혼자가 아니라는 사실을 추론할 수 있을 거야! 그 순간 바로, 또 거의 자동적으로 세계의 다수성이라는 결론에 도달하게 되지.

알랭 카르텍은 세계의 다수성의 실재성과 논리적 필연성을 잘 설명해 줬어. 그가 유명한 사람은 아니지만 새롭고 한결 편안한 방식으로 우주를 설명해서 악의 신비에 대한 실마리를 주지. 그는 『강신술에 따른 복음』에 이렇게 썼어.

그렇지만 어느 마을에 사는 모든 주민이 호스피스 병동이나 감옥에 있지 않은 것처럼, 모든 인류가 지구상에 존재하는 것은 아니다. 우리가 병이 나으면 호스피스 병동에서 나오고, 죗값을 치르면 석방되듯이 인간은 정신적 나약함에서 벗어나면 좀 더 행복한 세상을 찾아 지구를 떠난다. (중략) 지구에 사악하고 나쁜 일도 많고 비참하거나 불구인 사람도 많다는 사실에 놀라 인류는 초라한 존재라고 결론지을 수도 있다. 이런 판단은 지엽적인 시각에서 비롯된 것으로 전체에 대한 잘못된 인식을 심어준다. 지구상에는 전체가 아닌 극히 일부만의 인류가 존재한다는 사실을 인식해야 한다.

그러니까 지구가 유일한 유인행성이 아니고 지구의 역할이 우리의 정신을 계발하고 함양하도록 도와주는 것이라면 악이 왜 필요한지 설명할 수 있을 뿐만 아니라 그 존재가 정당화되는 거야. 신은 네가 생각하는 '위대한 나치'가 아니라 기발하고 재치 있는 존재인 거지. 책에는 이런 내용도 있어.

하위세계에서 존재는 물질적이고 열정이 모든 것을 지배하며 정신적 삶은 거의 의미가 없다. (중략) 중간세계에서는 선과 악이 뒤섞여 있고 진보 정도에 따라 어느 한쪽이 우위를 점한다. (중략) 다양한 세계를 절대적인 기준으로 계급을 만들 수는 없겠지만 그 세계의 상태와 목적에 따라 (중략) 개괄적으로 적절하게 분류해 볼 수 있다. 그렇게 분류하자면 인간 영혼이 일차적 형태로 구현된 원시세계, 악이 지배하는 속죄와 고난의 세계, 영혼이 죗값을 치르며 새로운 힘을 키우는 재활세계, (중략) 선이 악을 이기는 행복한 세계, 선만이 존재하고 맑은 영혼들이 거주하는 천상 또는 신의 세계가 있다. 지구는 속죄와 고난의 세계에 속하니 인간이 수

많은 시련을 겪는 이유는 이 때문이다.

좀 더 읽다보면 이런 이야기도 있어.

그곳에서 영혼은 인간의 사악함은 물론 자연의 무자비함과 동시에 투쟁을 해야 한다. 마음의 힘과 정신적 능력을 한꺼번에 고양시킬 수 있는 만큼 두 배로 버거운 일이다.

이런 가설이 네게 말도 안 되는 미친 소리 같고 나약하고 사이비처럼 들릴지도 모른다는 거 알지만 난 진심으로 그렇게 생각해. 굳은 신념도 있어. 미스테리움 이니쿠이타티스에 대한 설명을 곰곰이 생각해 봐. 그것이야말로 설명할 수 있고 받아들일 수 있는 단 하나의 해석이라는 점을 알게 될 거야.

우리는 오랜 시간 동안 지구가 평평하다고, 태양이 지구의 주위를 돈다고 믿어 왔어. 이제는 이런 생각을 비웃지. (몇 십 년이 될지 몇 세기가 될지는 모르겠지만) 언젠가 우리 후손들이 우리의 순진함과 인간중심주의를 비웃고 다 옛날이야기라고 치부할 때가 오리라고 믿어. 그때가 되면 별이 가득한 거대한 하늘을 바라보면서 다른 세계에 사는 다양한 사람들을 떠올리겠지. 그렇지 않다면 수십억 개나 되는 별, 성운, 행성들이 존재할 필요가 뭐가 있겠어. 다 쓸데없는 낭비지. 또 전쟁이나 일으키고 나쁜 짓이나 하고 비참하고 어리석은, 특별히 똑똑하지도 모범적이지도 않은 우리는 무슨 소용이 있겠어!

지구가 악이 지배하는 속죄와 고난의 세계에 속한다면 다 포기하고 냉소적인 태도로 선이든 악이든 신경 쓰지 말아야 할까? 아니야! 우리는 불교 신자처럼 연민의 의무가 있다고! 아무리 악이 세계를 지배하고 지구가 우주의 위계에서 하위에 있다고 하더라도 우리는 선을 행하고 다른 사람을 도우려고 끊임없이 노력해야 해. 그러면서 동시에 자기 자신도 도와야지. 선을 행하는 것만이 우리의 유일한 미래이니까. 이곳으로 다시 돌아오지 않을 수 있는 유일한 방법이니까!

유일한 방법? 내가 좀 성급했네! 다른 방법도 있어. 더 효과적이고 더 신비로운 방법이……

21
영혼의 행복을 위한
수련

데카르트는 『방법서설』 4장을 시작하면서 독자들의 이해를 구하기 위해 이렇게 적었어.

내가 처음으로 한 명상은 참으로 형이상학적이고 범상치 않다. 아마 모든 사람의 취향에 맞지 않을 터라 그 이야기를 해야 할지 잘 모르겠다. 그렇지만 내가 내세운 근거가 확고한지 판단할 수 있도록 하기 위해서 나는 그 이야기를 털어놓아야만 할 것 같다.

위대한 철학자에 대한 경의를 표하지만(사실 나 같은 사람도 별로 없어, 요즘은 돈이 많고 유명하거나 힘이 센 사람들만 위대하다고 생각하는 세상이잖아)

나도 얼마간 비슷한 상황이야.

내가 지금부터 하려는 말이 그렇게 형이상학적이고 범상치 않다는 것은 아니지만, 뭐라고 하면 좋을까? 약간 미묘한 구석이 있어서 '아마 모든 사람들의 취향에 맞지 않을 것' 같고, 적어도 신비주의에 관심이 없는 사람이나 지극히 현실적인 사람이라면 받아들이기 힘들 거야(요즘처럼 신경질적인 시대에는 실용주의와 사업가적 마인드의 장점을 높이 사긴 하지만 소위 그런 성격이라는 사람들 중에 프로작을 달고 살거나 자살을 기도한 적이 있는 사람이 얼마나 많은데!). 안타까운 일이지. 진실은 우리 눈에 보이지 않으니까…….

그렇지만 넌 내 절친한 친구이고 게다가 넌 지금 정서적 혼란기를 겪으면서 자살까지 생각했었고 개인적으로 너의 불행과 네 인생, 그래, 형제와 같은 '녀석'인 네 인생에 대해 책임감을 느끼니까 오늘은 이 이야기를 꼭 해야겠다. 그게 내 의무 같아.

이 이야기가 지루하거나 관심을 불러일으키지 않거나 등골이 오싹해진다거나 거부감이 든다면 그냥 컴퓨터를 꺼도 괜찮아. 우리 모두는 자유로우니까, 아니 적어도 그렇게 믿으니까. 내가 말했던 '괴물'이 네가 반감을 갖도록 만드는 거야. 그래야 자기 일이 쉬워지니까. 그래도 세상의 눈으로 볼 때 행복하기에 필요한 모든 것을, 그것도 필요 이상 갖췄지만 아직도 불행하고, 지금까지 네가 시도했던 일들이 모두 무참히 실패했고, 그 정도는 아니더라도 생각만큼 만족스럽지 않다고 생각한다면 잘 읽어봐.

사실 내가 하는 모든 이야기와 조언은 의심스럽게 보일 수도, 따르기 힘들어 보일 수도 있어. 하지만 내가 제안하는 길로 제대로 들어서기만 한다면 모든 일은 쉬워지고 규범조차 필요 없어질 거야.

내가 설명하고 싶은 모든 것을 마음으로부터 이해하면 그것은 너의 새로운 사상이 되고 널 불행하게 만들었던 옛날 사고방식을 대신하게 될 거야. 내가 말하려는 상태는 불교신자들이 입류과(入流果 수행에 들어 흐름을 타는 단계), 영적인 깨달음, 쿤달리니(인간 내부에 내재된 근원적 생명 에너지를 뜻하는 힌두교적 개념) 각성이라고 하는 거야. 쿤달리니는 대부분의 사람들에게 잠재되어 있는 신비한 힘인데, 수행을 하면 각성시킬 수 있어. 쿤달리니 각성은 지혜로움을 찾아가는 수행의 첫 단계지.

사랑하는 내 친구 폴, 넌 이런 신비한 것들에 대해 한 번도 관심을 가져본 적이 없고 지혜롭기는커녕 오히려 불안하고 우울하고 자살충동만 있을 뿐이라고 반박하겠지.

정신 차려! 에르하르트 톨레는 『지금 이 순간을 살아라』 도입부에 자신이 경험한 놀라운 계시에 대해 이야기하고 있어. 그 부분을 네게도 들려줄게.

내 나이 서른이 되기까지 나는 거의 만성 불안 증세에 시달렸고 때때로 자살충동이 들 정도로 우울하기도 했다.

위대한 철학자 같지 않은 모습이야. 그저 보통 사람과 비슷하지. 너와도 닮았어. 적어도 지금은 말이야.

계속 읽다 보면 이런 이야기가 나와.

스물아홉 번째 생일이 지난 지 얼마 되지 않은 어느 날 밤이었다. 엄청나게 불안한 마음이 들어 새벽에 잠에서 깼다. (중략) 왜 이렇게 비참하게 계속 살아야 할까? 왜 이렇게 끝없는 투쟁을 계속해야 할까? (중략) 나는 내 자신을 더 이상 감당할 수 없다. (중략) 그리고 나는 에너지 소용돌이로 빨려 들어가는 느낌이 들었다. 움직임이 처음에는 느렸지만 점점 빨라졌다. 거대한 두려움이 엄습했다. 몸이 떨리기 시작했다.

다음날 아침 눈을 뜬 톨레는 자신이 180도 변한 것을 깨달았어. 주위 모든 사물이 새롭고 신선하게 보였지. 마음속 깊은 곳에서부터 평화롭다고 느꼈어. 그는 한없이 기뻐하면서 공원 벤치에 앉아 2년을 보냈지.

그리고는 다른 사람들도 자신과 같은 상태에 이르도록 도와주기 위해서 명상지도사가 됐지. 그는 자신에게 무슨 일이 일어난 것인지 자세히 알지 못한 채 성인의 흐름에 들어간 자, 입류과가 됐어. 이런 일이 우리 생각보다 자주 일어나나봐. 깨달음은 무의식적으로 또 우연하게 일어나는데, 이건 겉으로 보이는 모습일 뿐이고 실제로는 대부분 전생에 수련을 한 덕분이야.

『공허로 가는 길에 적는 마지막 글』의 저자이자 선 사상가인 스즈키

다이세츠는 젊은 시절 있었던 일을 적으면서 계시를 받기 전 상태에 대해 적었어.

"인간의 삶에는 위기가 필요한 때가 있다."

그리고는 이렇게 덧붙였지.

사람은 누구나 자신이 가진 모든 것을 (영적) 노력에 쏟아 붓기로 결심해야 한다. **인간이 궁지에 처한 상황은 신에게는 기회다.**
사람이 절망의 심연에 빠져 인생을 마감하기로 결정한 바로 그 순간 사토리가 찾아온다.

사토리는 입류과, 깨달음, 계시와 같은 말이야.

내가 열일곱 살에 경험한 일도 스즈키나 톨레와 비슷해. 똑같지는 않을 거야. 깨달음에는 여러 종류가 있고 같은 깨달음이라도 정도의 차이가 있으니까. 분명한 것은 난 그들처럼 쉽게 입류과에 들지는 못했고, 그 전에 오랜 시간 불안하고 우울하지 않았다는 점이야. 난 이미 행복한 사람이었으니까.

난 흠잡을 데 없는 어린 시절을 보냈어. 너도 알다시피 세 번이나 류머티즘열 때문에 힘들어하긴 했지만 말이야. 류머티즘열은 내 운명을 바꿔놨어. 체력이 달리니까 독서와 명상에 집중했지. 내가 좋아하는 일이기도 했고.

열여섯 살이 되자 상황이 바뀌었어. 내 사춘기는 다른 아이들처럼 어른들의 세상에 대한 분노로 표출되지 않았어. 나는 일흔 살 노인처럼 모든 환상에서 깨어 있었어. 그 나이가 되면 인생에서 성공했든 하지 못했든 환상이 깨지잖아. 관심이 가는 일이 없었지. 적어도 기존 직업 중에서는 말이야.

나는 연애에도 흥미가 없었지. 그 나이에 다소 이상한 일이라는 거 나도 인정해. 그때 나는 3주 동안 만난 여자친구와 헤어지고 나서 크게 실망했었지. 그런데 이상하게도 속으로는 '이렇게 돼서 다행이다. 세상의 많은 일이 그렇듯이 내게 필요한 일이었나보다. 내가 성장하는 데 도움이 됐을 거고, 결국 다 잘 된 일이다' 하는 생각이 들었어. 문제는 우리가 헤어지고 나서야 깨닫는다는 거지. 이전 연애경험에서 얻은 교훈을 계속 잊지 않고 있었더라면 또 다시 실망하지도, 슬퍼하지도 않았을 텐데 말이야.

정말 아무 것에도 관심이 없었냐고? 사실 내가 관심 가는 일이 딱 하나 있었어. 그런데 그게 좀 특이해서 아무한테도, 부모님은 물론 절친한 친구들에게도 터놓고 말을 할 수 없었지.

내가 에르하르트 톨레를 비롯한 다른 수많은 영적 구도자처럼 성자의 흐름에 들어가고 싶었다는 걸 그 당시에는 몰랐어. 그런 표현이 있다는 것도 몰랐지. 나는 그저 내 마음가짐을 바꾸고 의식을 확장시켜 사고의 폭을 넓히고 차분해지고 싶었어. 그러면 행복해질 수 있을 것 같았지.

난 좀 특이한 생각을 했어. 내가 변하려면 순수해야 한다고, 완전히 순결해야 한다고 믿었어. 왜냐고? 모르겠어. 뭐라고 설명해야 할지는 모르겠지만 그래야만 할 것 같았어. 강한 직감이었지.

또 하나 확실한 게 있었어. 아마 좀 오만해 보일지도 몰라. 그렇지만 폴, 30년도 더 된 일이긴 하지만 무슨 일이 일어났는지 있는 그대로 이야기해 줄게. 그건 이 마음공부를 선생님 없이 나 혼자 이뤄내야 한다는 거였어.

행복에 관한 이 편지를 쓰면서 난 내 인생에 자주 찾아오는 행복한 우연 덕분에 묵타난다가 지은 『파라마르타, 카타 프라상』이라는 책을 읽게 됐지. 내 서재에 적어도 15년은 있었던 책이었는데 이번에 처음으로 관심을 갖게 됐어. 왜 그랬는지, 무엇을 찾고 싶었는지는 정확히 모르겠어. 책을 뒤적이며 몇 장 읽다보니 내 관심을 끄는 구절이 있었어.

요가 브라슈타라는 용어는 사다나의 길에서 벗어난 사람을 의미하지 않는다. 요가의 4~5단계에 도달한 구도자가 최종단계에 오르기 전에 자신의 육체를 떠날 운명이라면 그는 부유하고 독실한 가정에서 다시 태어나 전생에서 도달한 단계에서부터 요가 사다나를 시작하게 된다. 모든 지식이 그의 내면에서부터 동시에 찾아든다. 내면, 진정한 자아의 가르침을 받기 때문에 구루도 필요하지 않다.

이 구절을 읽으면서 내게 무슨 일이 일어났던 것인지 좀 더 잘 이해하게 됐어. 물론 우리 집이 독실하고 부유하진 않았지만, 우리 부모님은 충분히 넉넉한 살림을 꾸리셨고 아버지는 신혼시절에 매일 아침 태양예배자세를 하셨어. 아마 그래서 항상 유쾌하셨던 것 같아. (아마 내가 열여섯 살 때부터 요가에 푹 빠진 것도 아버지 때문일 거야. 보고 배운 게 무서운 법이니까!)

내가 전생에 요가의 4~5단계에 도달하진 못했던 것 같아. 아예 거리가 멀어. 하지만 아마 어떤 선생님 밑에서 수련을 시작하기는 했었나봐. 그렇다면 내가 느낀 이상한 직감이 설명이 되지.

내 사춘기는 아마 수련을 계속하라는 신호였나봐! 어린아이처럼 천진하게 놀 시간은 끝나고 내 눈에 딱 하나 진지하게 보이는 자신에 대한 수행을 계속해서 마법의 신발을 신어야 할 시간이 온 거지.

꿈은 원대했고 갈 길은 멀었지. 축제에 참석해서 배불리 먹고 나오는 길에 '이제 다이어트를 해야겠어'라고 결심하는 일은 쉽지만, 하루 금식한 다음날 이런 결심을 하는 건 다른 문제잖아!

첫 번째 장애물은 바로 순결이었어. 며칠이 지나자 난 계속 흥분상태가 지속돼서 아주 민망했어. 기분전환을 하고 '그것'이 지나가도록 하려고 열 시간 넘게 책을 읽었지. 체스도 두고 글도 쓰고 찬물로 샤워도 하고 오랜 시간 산책을 하기도 했지만 그건 정말 고문이었어. 몇 번이고 강한 충동이 들기는 했지만 자위도 하지 않았어. 그렇지만 밤이 되면 야한 꿈이 내 결심을 무너뜨렸지. 아침이면 욕망은 해결됐지만 실망했다는 자책감으로 눈을 떴어. 생각만큼 수도사에 소질이 없었나봐!

천사가 있었는지, 전생에 나를 이끌었던 스승님이 살펴주신 덕분인지 행복한 우연이 다시 찾아왔어. 사람이 어떤 것을 간절히 원하고 모든 역경을 무릅쓰고 끈질기게 노력한다면 우리가 처음부터 성공할 수 있는 모든 도구와 지식을 갖추지는 못했을지라도 보이지 않는 도움이 찾아온다는 사실을 난 확인했어. 이런 경우를 표현할 수 있는 다른 단어가 없어서 우리는 그저 우연이나 행운이라고 부르지.

내 친구 크리스티앙이 막 요가를 배우기 시작하면서 내게도 권한 거야. 난 다음 날 저녁 그 친구를 따라 요가 수련원에 갔어. 그렇게 요가에 첫 눈에 반한 거야. 요가 선생님이 거꾸로 선 자세(그중에서도 어깨서기자세)가 독신자들이 자신의 내밀한 정수를 간직하는 데 도움이 된다고 설명해 주셨어. 그 내용이 자세하게 설명돼 있는 작은 책을 추천하면서 자세를 오래 유지하기 위해 이 책을 지지대로 써도 괜찮을 거라고 귀띔해 주셨지. 난 열심히 연습했어. 일주일쯤 지났을 때 난 매일 아침저녁 이 자세를 30분씩 할 수 있게 되었어. 이 자세의 효과는 최고였지.

낮에도 욕망을 참기 한결 쉬워졌을 뿐만 아니라 밤에도 특이한 현상이 일어났어. 야한 꿈을 꾸긴 꿨지만 난 내가 꿈을 꾸고 있다는 사실을 인식했어. 그때까지는 갖은 수를 써도 멈출 수 없었던 성적 쾌락을 느끼기 전에 멈춰서 내 꿈속 의지를 동원해 '안 돼!'라고 외쳤지. 그러면 사정을 하지 않았어. 난 내 소중한 정수를 간직한 거야! 나는 기뻐하며 내게 찾아온 행운에 감사했지. 난 잘 하고 있었던 거야!

시간이 얼마간 흐르자 난 순결의 효과를 느끼기 시작했어. 이전과 다른 새로운 차분함이 느껴졌지. 뭐라고 설명할 수 없는 평정심이었어. 책을 읽고 글을 쓸 에너지가 샘솟았어. 오랜 시간 공부를 하고 난 저녁이면 때때로 박장대소를 터뜨리기도 했어. 시간이 지나가는 것을 느끼지 못하니까 외로울 틈도 없었지.

그리고 규칙적으로 작은 불빛을 보기 시작했어. 엄청나게 밝은 점들이 전혀 예측할 수 없는 방식으로 정신없이 춤을 췄어. 뭐라고 표현해야 할지 모르니 '의식의 소리'라고 부를게. 그 소리를 듣는 일도 점점 잦아졌지. 파도소리 같기도 하고 끊임없이 '이'라는 소리를 내는 것도 같았어.

혼자 산책을 할 때는 30분씩, 운이 좋으면 한 시간씩 사물이 갑자기 대단히 눈부신 빛으로 둘러싸여 보이기도 했어. 색상은 놀라울 정도로 선명했고 난 진정한 명상을 할 수 있었지. 온 세상이 하나의 박물관이 된 것 같았어. 진짜 박물관보다 설명할 수 없을 만큼 더 흥미롭고 숭고한 박물관이지. 왜냐하면 도처에 빛이 있었으니까. 마치 마법 같았어!

저녁때가 되면 내가 '황혼녘 체험'이라고 부르는 상태를 경험하기도 했어. 짧지만 한없이 감미로운 몇 분이었지. 가끔은 한 시간 동안 지속된 적도 있어. 그때가 되면 마법 같은 빛이 내 안으로 들어와 내 머릿속에는 태양이 가득한 것 같아. 바닷가로 장시간 휴가를 갔다 왔을 때처럼 말이지. 저 멀리 어린 시절 추억들이 보이고 인생은 정말 한없이 달콤하구나 싶어서 신비로운 이 시간이 계속 이어졌으면 하는 바람밖에 들지 않아. 안타깝게도 카뮈가 말하는 '태양의 순간'과 비슷한 이 상태는 오래 가지 않지.

사랑하는 내 친구 폴, 일상생활에서 쓰이는 말로는 이런 현상을 정확하게 묘사할 수 없다는 거 나도 잘 알아. 그건 그저 네가 그 상태를 아직 경험해 보지 못했기 때문이야. 치통이나 사랑의 황홀경도 경험해 보지 않으면 말로 설명하기 정말 어렵잖아.

일주일에 서너 번 하는 경보 후에는 때때로 7~8초 정도 눈앞에서 빙빙 도는 밝은 점 대신에 내 이마 앞에 작고 하얀 불빛 날개 두 개가 보여. 이 상태는 좀 더 긴 시간, 4~5분 정도 지속되지. 그 당시 우연히 접한 스리 오로빈도의 『요가 가이드』에서 신비롭게 시작되는 이 상태는 '아즈나 차크라'라는 현상이라는 것을 알게 됐어. 이 책 괜찮아. 진실을 찾는 이들에게 내가 적극적으로 추천하는 책이야. 두 눈썹이 만나는 '트리투카'라는 곳에서 두 날개가 서로 만나거든. 이곳은 제3의 눈이 있는 자리라 많은 신비주의자들이 정신을 집중하는 곳이기도 해.

주목할 만한 진전이 있기도 했고 내가 제대로 설명하지 못하는 경험도 많이 했지만 다섯 달쯤 지나자 수련이 제자리걸음을 하고 있는 것 같은 느낌이 들었어. 난 포기하는 대신 강도를 높였지. 무모한 생각이 들었는데 난 곧바로 실행에 옮겼어. 데카르트가 오븐에 비유되는 더운 방에서 고독을 즐겼던 것처럼 난 벽장으로 '이사'를 했지.

난 책을 읽을 때 주로 사용하는 등받이가 높은 멋진 파란색 소파를 벽장에 넣고 독서용 전등을 설치하고 소음방지 귀마개를 했어. 전생에 동굴이나 고요한 수도원에서 명상을 했었는지 이 방법이 나한테는 잘 맞았어. 그렇지만 기대했던 결과는 얻지 못했지. 잘 되지 않는 것은 아니었어. 눈앞에서 춤추는 밝은 반점도 자주 보였고 박장대소를 터뜨리기도 했고 황혼녘 체험도 겪었고 황홀경에 빠진 산책도 했지만 내 의식이 진정으로 변하지는 않았거든.

그러면서 장시간 우는 일이 많아졌어. 사랑의 상처나 고독 때문이 아니라 내가 시작한 일이 잘 되지 않아 실망하고 신경이 날카로워져서 그랬을 거야. 미친 사람처럼 저녁 늦게, 자정 넘어 새벽 1시까지 읽고 썼으니까. 잠들지 못하는 날도 점점 많아졌어.

1970년 7월 10일, 나는 가장 긴 시간 동안 가장 심각하게 울었어. 그때 나는 열일곱 살이었고 수련을 시작한 지 9개월째였지. 시작할 때부터 언제나 긍정적이었던 나지만 그날 처음으로 성공하지 못할 수도 있겠다는 생각이 들었어. 난 실망했지.

오만이 지나쳤나봐. 그 나이 청소년들은 모든 것이 가능하다고 생각하잖아. 그 아이들은 정말로 그렇게 믿는다고! 바보 같이 내가 계시를 받을 수 있다고 생각하다니. 게다가 혼자서 말이야. 스승님 없이 그 일이 가능하다고 생각하다니. 내 허영심에 대한 대가를 치르는 거였어.

불행해진 나는 성적도 떨어졌어. 언제나 상위권에 속하던 나는 거의 모든 과목에서 낙제를 했고, 그러니 자동적으로 수업도 많이 빠지게 됐지. 아버지는 몹시 화가 나셨어. 내가 그때까지 숨겨왔던 사실을 말씀드리니 퍽 실망하셨지. 아들이 1등이라고 언제나 자랑스러워하셨거든. 내가 성적이 좋았던 건 아버지의 자부심을 키워드리고 기대에 부응하기 위해서 미친 듯이 공부했기 때문이었던 것 같아.

30분 정도 온몸의 수분이 다 빠져나갈 듯이 울다 보니 자정이었어. 지하실에 있는 내 방에 누워 작은 창문으로 별이 가득한 하늘을 오랫동안 바라봤지. 난 불가지론자인데 왜 그랬는지는 모르겠지만 하늘에 기도를 드렸어. 더할 수 없이 간단하지만 아마 다른 기도들도 이렇게 요약할 수 있을 거야.

"하나님, 저 좀 도와주세요!"

그리고 잠들었어. 슬프진 않았지만 그렇다고 희망도 없었지. 그저 지쳐서 내일부터는 평범한 삶으로 돌아가야겠다고 생각했어. '키메라'를 포기하겠다고 생각했지. 키메라는 금욕주의자들이 신비로운 꿈을 지칭하는 표현이야. 원래 생활로 돌아가기로 했어. 벗어날 필요가 없었던 생활이었어. 내 오만함으로 떠났었지. 운명의 부름을 받았다고 생각했는데 내 운명이 아니었나봐.

학교에서 그동안 못 해봤던 것도 다 해봐야겠다 싶었어. 여자친구도 만들어서 내 또래 여자 아이들에게 인기가 많은데도 불구하고 내가 독신을 고집하면 어떻게 할까 걱정하시는 부모님을 안심시켜 드려야겠다 싶었어.

다음날 아침, 난 일찍 눈이 떠졌어. 5시 30분 정도 됐을 거야. 그때 당시 내 아침식사였던 오렌지 하나를 먹고 한 시간 정도 걸으러 나갔지.

집에 돌아오니 갑자기 피곤해져서 다시 잠이 들었어. 몇 분이 지나고 나니, 내가 수련을 시작하고 나서 몇 번 그랬던 것처럼, 난 내가 자고 있다는 사실을 의식했어. 가수면 상태였다고 해도 맞을 거야. 의식이 있다는 점에서 수면과 다르고 움직이지 못한다는 점에서 각성과 다르지.

몸에서 열이 나더니 머리부터 발끝까지 떨리기 시작했어. 예사롭지 않은 이런 상태가 두려울 수도 있었겠지만 내 안에서 걱정하지 말라고 무서워할 필요 없다고 속삭이는 소리가 들렸어. 척추 아래에서부터 에너지가 치밀어 오르기 시작하더니 머리까지 올라가 신비로운 주황색 빛이 머릿속을 2~3분간 가득 채웠어. 그러더니 더 이상 떨리지 않았고 난 무슨 일이 일어났는지 알지 못한 채 다시 잠이 들었지.

7시 30분에 다시 잠에서 깨서야 신이 내 부름에 응답하셨고 내가 '성자의 흐름에 들어갔다'는 사실을 알게 됐지. 나는 말 그대로 환골탈태한 것을 느낄 수 있었어. 그 전에는 생각도 하지 못했던 기쁨과 행복을 느꼈지. 그런데 역설적으로 정말 자연스럽게 받아들이게 됐어. 아마 그 상태가 정상적인 상태여서 그랬나봐. 그래서 평범한 삶에서는 완벽한 사랑이나 성공, 부귀영화 등 그 어느 것도 그만한 만족감을 주지 못하는 것 같아. 우리는 이 영예로운 상태가 아닌 다른 어떤 것도 바라지 않으니까.

나는 곧바로 밖으로 나갔어. 명상을 하러 산책을 나갔을 때 몇 번 경험했던 것처럼 모든 사물이 초자연적인 빛에 둘러싸이고 눈부신 색깔로 빛나는 것을 확인했어. 그렇지만 빛은 한층 더 밝았고 감탄스러운 이 모습은 사라지지 않았어. 항구적인 현상이 된 거야! 그리고 무엇보다 난 마음속 깊이 평화롭고 편안했어. 지금까지는 느끼던 감정과는 전혀 달랐어.

폴, 네가 이해하기 쉽게 설명해 줄게. 넌 지금 피아노 앞에 있어. 건반 중간에 있는 '도'를 눌러봐. 그리고 다음 '도'를 눌러봐. 같은 '도'지만 한 옥타브 위에 있지. 내가 설명하려고 하는 평온과 기쁨의 상태도 그랬어. 성자의 흐름에 들어가서 느끼는 감정도 평온과 기쁨이라는 일상적인 단어로 부르겠지만 그 감정들은 진동수가 훨씬 높아서 아래 옥타브의 감정과는 전혀 달라.

그중에서도 가장 경이로운 감정은 바로 평화로움이었어. 그건 우리의 평소 의식 상태와 너무나도 달라서 네게 설명하기도 어려울 것 같아. 길고 긴 여행을 마치고 집으로 돌아왔을 때 같은 기분이야. 더 이상 아무것도 바라지 않고…… 더 이상 아무것도 두렵지 않고…… 심지어 죽음까지도.

사람들이 특히 죽음을 두려워하는 건 아직 이 행복을 경험하지 못해서 우리의 육신과 현재 삶의 상황을 자신과 동일시해서 그런 거야. 게다가 우리는 막연하게 인생에서 성공이나 사랑보다 중요한 무엇인가가 빠졌다고 생각하기 때문에 죽는다는 게 더 아쉬운 거야. 한편으로는 맞는 말이기도 하지.

　나는 세 달 동안 소위 삶을 즐기는 것 이외에는 아무것도 하지 않았어. 하지만 그 표현이 기존에 지닌 의미와는 약간 달랐어. '위대한 휴가'라고 하는 편이 좋겠다.

　너도 알다시피 난 열두살 살 때부터 늘 근면 성실했어. 그때 난 그저 공원 벤치에 앉아 지나가는 모든 사람들에게, 세상에게, 인생에게 미소를 보내고 웃고 숨 쉬었어. 숨을 쉬는 것만으로도 어마어마한 즐거움을 느끼는 게 계시의 신비한 효과였어. 숨을 쉬면서 지금까지 알지 못했던 새롭고 감미로운 냄새를, 어느 향수와도 비교할 수 없는 향기를 맡게 되거든.

　또 다채롭고 흥미로운 생각들을 하게 되지. 머릿속이 쉴 새 없이 돌아가거든. 법열을 느끼고 문득 사물의 이치를 깨닫고는 그 뛰어난 완성도에 감탄하게 돼. 과거의 모든 현인들이 말하던 것, 그들이 찬양하고 칭송하던 그 상태가 바로 이거야. 키메라가 아니었어.

　진실로 포기를 한 사람들은 흔히 생각하듯 고행자나 수도사가 아니야. 오히려 평범한 사람들이지. (폴, 너도 알겠지만 오만한 소리를 하려는 건 아니야.) 그 사람들은 많은 것을 포기했거든. 존재의 가장 큰 즐거움을, 위대한 법열을, 내면의 평화를, 침묵을, 진심으로 걱정 없는 상태를, 결국 행복을⋯⋯.

　그 사람들은 사실 마음에 드는 일이 거의 없어. 부처님은 '세속적인 행복은 존재한다. 단지 영적인 행복의 만분의 일에 지나지 않을 뿐이다'라고 하셨어. 이해하기도 받아들이기도 쉽지 않을 거야. 우리 삶을 좌지우지하는 '괴물'은 우리가 이 진실을 깨닫는 걸 정말 원하지 않아. 우리가 이해하는 순간 자신이 바로 죽거든. 설사 죽지는 않는다고 하더라도 모든 힘을 잃게 되지.

위대한 휴가는 영원히 지속되지 않아. 세 달이 지나니 난 '빛의 강림'을 경험하기 시작했어. 빛의 강림은 마땅한 말이 없어서 내가 만든 표현이야.

어느 날 밤 난 잠에서 깼어. 아니, 내가 성자의 흐름에 들어갔을 때 그랬던 것처럼 가수면 상태가 됐어. 내 몸은 심하게 떨리기 시작했고 열이 났지. 정수리로 흰색 빛이 들어오기 시작했어. 이 상태는 3, 4분 정도 지속됐어. 나중에 또 빛의 강림이 일어났을 때, 수백 번도 더 일어났어, 난 숨을 깊이 쉬면서 의도적으로 그 시간을 두 배, 세 배까지 늘릴 수 있게 됐어. 강림이 끝나자 나는 마비된 듯 꼼짝도 할 수 없었지. 뭐, 움직이고 싶은 생각도 없었어. 그러고는 잠에서 깼지. 땀에 흠뻑 젖어 있었지만 난 새로운 에너지와 힘을 느낄 수 있었어.

그 빛에는 활기찬 에너지가 깃들어 있었는지 그 순간부터 난 긴 휴가가 끝났고 일을 다시 시작해야 한다는 생각이 들었어. 연금술사들은 '에르곤'과 '파레르곤', 이 두 가지 활동이 있다고 하잖아. 에르곤은 진정한 업무로 비밀스러운 임무이자 내면적 변화를 의미하고, 파레르곤은 외부로 보이는 사회적 업무로, 결국 네 직업을 말하는 거야.

모든 사람들은 에르곤과 파레르곤이 있어. 사람들이 그 사실을 알고 있다면 불행한 사람들의 수는 훨씬 줄어들 거야. 폴, 너의 파레르곤은 교사야. 에르곤은 영혼을 지도하는 일이고 말이야.

사실 거의 모든 사람이 영혼을 지도할 책임이 있지. 우리는 다른 사람들의 지도자이고 그들 역시 우리의 지도자니까. 아무리 소박한 직업을 가지고 아무런 힘이 없어 보이는 사람이라도 하나의 힘은 가지고 있어. 그 힘은 모든 힘 중에 가장 큰 힘이자 가장 경이롭고 마법 같으며 사회가 힘이라고 하는 겉치레와 비교할 수 없이 위대한 힘이지. 그 힘은 바로 다른 사람을 돕는 거야.

사람들이 별거 아닌 것 같지만 오히려 전부라고 할 수 있는 이 점을 이해한다면 그 사람은 모든 걱정과 불필요한 야심, 슬픔에서 벗어나 이 시대, 이곳에서 자신에게 주어진 우주적 역할이 얼마나 특별한지 알게 될 거야.

폴, 어린 영혼들이 자아를 실현하고 자신의 능력을 최대한 펼치고 끝까지 꿈을 추구할 수 있도록 돕는 것이 네가 맡은 역할이야. 그 아이들이 뒤틀린 성격에 실패하고 사악한 부모를 만났다고 할지라도 말이지. 그런 부모들도 있긴 있잖아.

내가 깨달음을 얻었을 때 겪은 일은 『영혼의 승천』이라는 책에 자세하게 썼어. 이 편지를 쓰기 위해 다시 그 책을 읽었지. 그 모습을 본 줄리아는 웃으면서 장난삼아 나를 놀렸지.

"아빠, 이제 아빠가 쓰신 책을 읽는 거예요? 정말 읽을 만한 흥미로운 책이 없었나봐요!"

책 제목이 잘 안 보였는지 줄리아는 '영구의 승천'이라고 했지. 난 웃음이 터졌어. 어떤 독자들에게는, 어쩌면 너도 그럴지 모르지만, 내가 지금까지 한 이야기가 특별한 정신 상태를 경험했다는 식으로 흥미를 유발하려는 '영구' 같은 소리에다가 애는 썼지만 별로 신통치 않은 이야기로 들릴 수도 있다는 거 잘 알아.

그렇지만 우리가 열여덟 살이나 스무 살 때 네가 나에게 뭐라고 했었는지 기억해 봐. 그때 난 이미 성자의 흐름에 들어갔었어. 넌 "마크, 네가 곁에 있기만 해도 마음이 편해져"라고 했었어. 넌 사람을 편안하게 만드는 신기한 치료효과가 있는 그 기운이 어디서 왔다고 생각하니? 내게 무슨 일이 일어났었는지, 수천 명의 독자들도 경험할 수 있는 그 현상을 간략하게 정리해 줄게.

1. 가능하리라고 믿는다.
2. 결의를 다지고 시작한다.
3. 그 나머지 일들에는 한동안 신경을 쓰지 않는다.

이렇게 하기만 하면 돼.

폴, 잘 안 되면 다른 방법을 써보든지 원래 생활로 돌아가면 돼. 네가 했던 일과 하려고 했던 일들은 소용없는 일이 아닐 거야(소용없는 일이란 없어!). 네 기억 속에 남아서 이번 생이든 다음 생이든 다음에 네가 다시 수련을 시도할 때 도움이 될 거야.

포트로더데일 바닷가에 있는 콘도에서 이 글을 쓰고 있어. 오늘은 2010년 12월 31일이야. 바깥 날씨는 눈부시게 멋있어서 당장이라도 해변으로 뛰어나가고 싶지만 이 편지를 마무리하려고 참고 있어. 2011년이 되면 내가 마치 지금까지 다른 일들은 완전히 방치한 것처럼 많은 일이 날 기다리고 있을 테니까.

이틀 전이었어. 메일을 확인하려고 하는데 안 되더라고. 다음 날 아침에 조카 로랑스가 휴대전화로 뭘 열심히 하기에 물어봤지.

"뭐하니?"

"메일 확인하고 있어요."

"되니?"

"다른 방에서는 안 되는데 여기서는 돼요."

믿기지 않아 나도 해봤더니 되더라고! 아무 것도 아닌 이 일을 통해 배운 게 있어. 성공하기 직전까지 갔다면, 성공이나 행복과 멀리 있지 않다면 다른 누군가에게 조언이나 약간의 도움을 받기만 하면 되는 거야. 그러면 이루어지는 거지. 연결이 되고 온라인이 되는 거야!

인터넷만의 이야기가 아니야. 우리 존재를 환골탈태시키는 내면의 신비한 흐름도 마찬가지라고! 폴, 의심스러운 마음이 들더라도 내가 전에도 말했듯이 임시 도덕 격률로 한번 시도해 보는 게 어때? 아니라는 확신이 들 때까지만이라도……

마지막 이메일을 보내고 이틀이 지났다. 폴이 짧지만 더할 수 없이 절망적인 답장을 보내왔다. 그는 몇 주 전에 시몬이랑 같이 만났을 때 했던 고백을 되풀이했다.

"나는 아직도 불행해! 미안해, 친구야!"

그게 끝이었다. 우리가 하위세계에 살고 있다고 하더라고 삶이란 살아볼 만한 가치가 있는 것이고, 우리는 얼마든지 행복할 수 있다는 사실을 납득시키려고 갖은 노력을 한 나에게 그 한마디 말이 얼마나 잔인한지 모르겠다.

폴이 어디에서 내 메일을 읽더라도 행복을 맛볼 수 있길 바라면서 고심해서 쓴 편지라 난 더 괴로웠다. 난 그 편지들이 파스칼에게 신의 의미 같은 역할을 하길 바랐다. 그는 '신이란 중심은 어디에나 있고 가장자리는 어디에도 없는 원 같은 존재'라고 했다. 하지만 난 보기 좋게 실패했다.

행복에 대한 내 이론의 중심이 아니더라도 어느 곳이나 행복을 찾아 첫걸음을 내딛는 출발점이 되길 바랐다. 이 방대한 세상에서 지치고 길을 잃은 사랑하는 내 친구 폴이 넓은 약국의 어느 선반이나 후미진 곳에서 삶의 고통을 낮게 해줄 예상치 못한 치료법이나 신비의 묘약, 마법의 물약을 찾을 수 있을지 모르는 것처럼 말이다.

즐겨 사용하는 무기가 바닥났을 때 자주 그러듯이 나는 내면의 스승님에게 도움을 청했다. 꿈에서조차 한 번도 뵌 적 없는 분이지만 언제나 나를 위해, 언제나 그곳에 계시다는 것을 느낄 수 있었다. 나는 그분을 '작은 스승님'이라고 부르는데, 나를 자주 도와주시는 것을 보면 '작은'이라는 형용사에 기분 나빠하시는 것 같지는 않았다. 아마 내가 의식하지 못하는 순간에도 많이 도와주시리라. 그리고 나에게 '서비스 요금 청구서'를 보내지도 않는다. 청구서 보내는 것을 잊어버리는 일이라고는 보기 힘든 요즘 같은 세상에 말이다!

"작은 스승님, 저 좀 도와주세요. 제가 500쪽이 넘는 편지를 보냈지만 폴은 들은 척도 하지 않습니다. 폴은 제가 쓴 글을 제대로 읽을 정신이 없나봅니다. 당신은 모든 과거를 기억하고 앞으로 다가올 미래를 내다보실 수 있으니 제가 폴에 대한 모든 것을 구구절절 설명하며 긴 기도를 올릴 필요가 없겠지요. 저보다 더 잘 아실 테니까요. 폴이 앞으로 나아가지 못하도록 방해하고 자기 자신조차 버티기 어려울 만큼 혐오하도록 그 친구를 가두어 두는 끈이 보이시겠지요. 당신은 그 끈을 끊을 수 있는 금가위를 가지고 계시잖아요! 바라옵건대 뭐라도 해주세요! 폴을 위해서, 또 저를 위해서요. 친구가 불행하면 저희도 불행해지지 않습니까!"

간절하게 기도를 했지만 사흘이 지나도록 아무 일이 없었다. 작은 스승님이 기도를 듣지 못하셨거나 관심을 둘 필요가 없다고 판단하셨다는 생각이 들었다. 틀림없이 폴을 설득할 수 있을 것 같은 기발한 영감이 떠오르지도, 편지에서 빠뜨렸을 만한 내용이 생각나지도 않았다. 폴이 신비한 변화를 경험했다는 이야기를 전하려고 전화하지도 않았다.

그런데 나흘째 되던 날, 드디어 신기한 일이 일어났다. 또 한 번 내가 작은 스승님의 경이로운 능력을 가볍게 보는 실수를 저질렀다고 인정해야겠다.

22
친구,
마녀반지를 돌려보게

오전에 로리에 거리에 있는 '아가타'에 갔다. 우트르몽 구의 아기자기한 주얼리 매장이다. 곧 아내 생일이어서 팔찌나 목걸이, 아니면 그녀 마음에 들 만한 작은 액세서리를 선물하고 싶었다. 그녀는 자칭 사소한 것에 만족할 줄 아는 여자다. 가끔은 "당신이랑 사는 거 보면 알잖아!"라며 나를 비꼬곤 한다.

아가타에 간 표면적인 의도는 아내에게 선물할 액세서리를 사는 것이었지만 그게 진정한 동기였을까? 나는 전혀 다른 이유로 그곳에 간 것이 아니었을까? 인생을 살다보면 가끔 그럴 때가 있지 않던가? 우리가 대단히 중요하게 생각했던 약속을 못 지키면 그 '사고'는 우리를 극도로 걱정하게 만들고 또 인간과 인간의 부정확성, 더 나아가 인생 전반에 대해 불만을 터뜨리게 만든다. 그러나 결국에는 우연히 다른 인물, 정확히 말하자면 우리가 '만나야만' 하는 바로 그 사람을 만나게 해준다. 우리는 종종 우리에게 일어난 그 일을 몇 달 또는 몇 년이 지나서야 이해하거나 어렴풋이 짐작하곤 한다.

나는 매장에 들어서자마자 가장 안쪽에 있는 진열대로 향했다. 나는 머리가 시키는 대로 사는 것이 결국 마음에도 드는 경우가 많았다. 그래서 바쁜 사람들의 손을 이끌어 선택을 돕는 천사가 있는 게 아닐까 하는 생각을 이따금 했다.

진열대 너머에 있던 직원이 나를 알아보고 미소를 지었다. 가끔 나를 도와줬던 아리안느다.

"피셔 씨, 잠시만 기다려 주시겠습니까?"

그녀는 지금 70대로 보이는 매력적인 부인을 상대하는 중이었다. 그 부인은 신중에 신중을 기해 목걸이를 살펴보고 있었다.

진열대 위에 놓인 반지에 눈이 갔다. 저 부인이 살펴봤나보다. 아니, 이미 골랐는지도 모른다. 어쨌든 나는 목걸이나 팔찌를 사러 왔으니까……. 다른 사람에게 줄 반지를 고르는 것은 좀 더 어려운 일이다. 구두랑 약간 다르긴 하지만 그래도 사이즈가 맞지 않으면 낭패가 아닐 수 없다.

그 부인은 결국 살펴보던 목걸이를 구입하고도 한참을 망설인 끝에 반지는 사지 않기로 했다. 내가 관심을 보인 것을 눈치 챈 직원이 반지를 진열대 안에 다시 넣기 전에 내게 보여줬다. 나는 반지를 주의 깊게 살펴봤다. 마음에 들지 않는 것은 아니었다. 곰곰이 생각해 보니 아내는 반지가 너무 크다고 할 것 같았다. 그렇게 큼직한 반지는 그녀 스타일이 아니었다. 그녀는 반지든 차든 집이든 허세부리는 모든 것을 싫어했다.

내가 미간을 찡그리자 망설이는 것을 알아챈 직원이 말을 걸었다.

"사이즈 때문에 그러세요? 아내 분에게 드리실 건가요?"

"아니면 누구에게 줄까요?"

내가 가시 박힌 농담을 건넸다.

직원은 민망한지 얼굴이 빨개지더니 반지 사이즈를 확인하고는 아내한테 맞을 거라고 했다. 아내의 반지 사이즈를 파일에 기록해 뒀다고 덧붙였다. 가격도 적당했다. 그래도 내가 안 산다고 할까봐 그랬는지 아니면 반드시 사게 만들려고 그랬는지 이렇게 말했다.

"할인도 해드릴 수 있답니다."

"할인이요?"

원래 할인을 해주는 매장이 아닌지라 놀라서 물었다.

"네. 사실 그 반지가 완전히 새 상품은 아니거든요."

"그럼 중고입니까?"

아가타가 골동품 매장이나 고물상도 아니니 더 의아했다.

"네. 어떤 고객님이 지난주에 구입하셨다가 그 다음날 바로 환불하러 오셨어요. 선물 받으시는 분이 마음에 안 들어 하신다면서요."

"이렇게 예쁜데 이상하네요."

"아마 마녀반지라 그럴 거예요. 마녀반지를 싫어하는 사람들도 있거든요."

"마녀반지요?"

그 말을 듣고 나니 그다지 로맨틱한 선물이 되진 않을 것 같았다. 아내는 자기를 마녀 취급한다고 생각할지도 모른다.

"네. 잠시만요. 이렇게 하면……."

직원은 내 손에 있던 반지를 가져가더니 윗부분을 조심스럽게 돌렸다. 작은 칸이 나왔다. 마녀반지가 유행하던 시절에는 그곳에 독약이나 사랑의 묘약이 들어 있었겠지.

"아! 재미있군요. 그런데 아내가 별로 좋아할 것 같지 않네요."

결국 나는 팔찌를 샀다. 그날 오후가 되니 왜 그 신비한 반지를 사지 않았는지 후회가 됐다.

그날 아침에 일어나면서 나는 뭔가 중요한 꿈을 꾼 것 같다는 생각이 들었지만 꿈의 내용은 전혀 생각나지 않았다. 그러다가 운전하면서 이 생각 저 생각 하던 중에 그 꿈이 생각났다. 짧지만 강한 꿈이었다. 적어도 내 기억에는 그랬다. 꿈속에서 나는 나선형 기둥이 늘어선 거대한 신전에 있었다. 왠지 로마 바티칸의 성 베드로 성당인가 싶었다. 누군지 보이지 않는 한 남자가 내게 반지를 줬다. 보이지는 않았지만 목소리로 성별은 알 수 있었다. 아가타에서 본 바로 그 반지였다. 그 남자는 반지를 돌리면서 어깨 너머로 이렇게 말했다.

"이렇게 하면 의식상태가 바뀌리라!"

녹색 신호로 바뀌었다며 뒤에 있던 차가 경적을 울려대는 바람에 정신을 차렸다. 나는 가속페달을 밟고 유턴 가능한 곳이 나오자마자 차를 돌려 아가타로 되돌아갔다. 직원이 나를 보고 놀라는 듯했다.

"아내 분이 팔찌가 마음에 안 든다고 하시나요?"

알 수 없는 미소를 지으며 물었다.

"아닙니다. 마녀반지를 사러 다시 왔습니다. 그 반지를 사야겠어요."

직원이 어색한 표정을 지었다.

"아, 어쩌지요? 아침에 보셨던 그 여성 고객님이 다시 오셔서 사가셨어요. 30분만 일찍 오셨더라면 좋았을걸. 그 고객님도 금방 나가셨는데……."

정신이 멍했다. 되는 일이 없군.

"그 분 연락처를 알 수 있을까요?"

"아, 아니요. 죄송하지만 매장 정책상 알려드릴 수 없습니다."

"나한테 정말 중요한 일이란 말입니다!"

내 꿈 이야기를 들려주고 싶은 마음이 굴뚝같았지만 하지 않았다. 직원이 이해하기는커녕 비웃을 게 분명했다.

"저기요, 고객님. 마녀반지는 다른 매장에서도 구입 가능하세요. 희귀한 상품이 아니에요."

직원은 내가 실망한 모습을 보고 위로하듯 말했다.

"내가 찾는 것은 바로 그 반지란 말입니다. 그 분 전화번호는 못 준다는 말이지요? 그 분을 귀찮게 안 한다고 내가 약속하겠습니다."

"죄송합니다, 고객님. 제가 도와드릴 수 있는 게 없네요."

더 이상 억지 부리지 않았다. 매장 문을 열고 나오는데 행운의 여신이 나를 보고 미소 지었다. 로리에 거리 맞은편에 바로 그 부인이 보였다. 이렇게 놀라울 수가! 나는 부리나케 달려가 그녀를 따라잡았다. 그녀 걸음이 느려서 어렵진 않았다. 그녀에게 다가갔다.

"절 알아보시겠습니까?"

"그럼요. 피셔 씨."

그녀가 당황하며 대답했다. 내 질문을 허영심의 발로라고 여긴 모양이다.

"선생님이 쓰신 책을 읽었어요. 최근에 나온 『그대를 다시 만나기』를 재밌게 읽었답니다."

"그건 제 작품이 아닙니다. 마크 레비의 책입니다."

"아, 그렇군요! 내 정신 좀 봐. 『당신을 생각했어요』."

"저를 생각하셨다고요?"

"선생님이 쓰신 최근 소설 제목 아닌가요?"

"아니요. 그건 『당신이었기에』랍니다."

"네, 맞아요, 그거였어요! 얼마 전부터 자꾸 까먹어요. 알츠하이머 초기 단계인가봐요."

"그건 잊어버리세요."

말하고 나니 적절하지 않은 농담이었다. 다행히 그 부인이 제대로 알아듣지 못했다.

"제가 절 알아보시겠냐고 여쭤본 것은 오늘 아침에 아가타에서 저를 본 기억이 나시냐는 말씀입니다."

"아가타요? 아가타라는 사람은 모르는데요!"

그녀는 내가 그녀의 일탈행동을 비난한 것마냥 힘주어 말했다. 나는 아가타 매장을 향해 돌아서서 파란색의 깔끔한 간판을 손으로 가리키며 말했다.

"저기 저 주얼리숍 말입니다. 오늘 아침에 살펴보던 반지를 방금 전에 사가셨다고 하더군요."

"반지를 사다니요? 이 나이에 반지는 사서 뭐하게요?"

"잘은 모르겠지만 선물하려고 하신 게 아닐까요?"

대화가 잘 통하지 않겠다는 조짐은 알아챘지만 그래도 마지막으로 한 번 더 물었다.

"정말이세요? 아가타 매장에서 나오지 않으셨습니까?"

"미안합니다, 피셔 씨. 아니에요. 다른 사람으로 착각하셨나보군요."

'다른 사람으로 착각했나보다'고 생각하려고 했지만 그다지 위로가 되지 않았다. 이미 크게 낙심했다.

계속 이야기를 나눠도 소용없을 것 같았다.

부인과 헤어졌지만 그녀가 가는 모습을 계속 지켜봤다. 혹시나 자기가 신비한 마녀반지를 산 일을 기억할지도 모르니까. 불쌍한 내 친구 폴을 위해 꼭 필요한 그 반지 말이다. 바로 그때 그녀가 뒤돌아서서 나를 바라보며 당황한 표정을 짓더니 미소를 지으며 다시 내 쪽으로 걸어

왔다. 그 모습만 보고도 나는 벌써 기뻤다. 알츠하이머가 지나가서 아침에 아가타에서 나를 만난 일을 기억해 냈구나! 뭐, 만남이라고 하기에는 지나친 감이 있지만 말이다.

그 부인은 내 곁으로 다가오더니 미간을 모으며 질문했다.

"제가 텔레비전에서 선생님을 뵌 적이 있을까요?"

"아마도 그럴 겁니다."

"선생님이 마크 피셔 씨인가요?"

"네, 접니다. 미리 말씀드리지 못한 점을 사과드려야 하겠군요."

그녀가 인정한 것보다 알츠하이머 상태가 나쁘다는 점을 확인한 나는 계속 이야기를 나눠봤자 아무 소득이 없을 것 같아 그녀와 악수를 하고 길을 나섰다. 실망감이 점점 커졌다.

하지만 예상하지 못했던 좋은 일이 생겼다. 다음날 아침에 아가타 매장 직원이 전화를 해서 놀라운 소식을 전했다. 어제 그 부인이 마녀 반지를 환불하러 왔다는 것이다. 아마 아무도 마음에 들어 하지 않았나 보다. 아니, 사실은 나에게 오려고 일이 이렇게 됐는지도 모른다. 나는 그 길로 매장에 들러 반지를 샀다. 두 번이나 퇴짜 맞은 반지니까 지난 번보다 더 높은 할인율을 챙기는 것도 잊지 않았다.

나는 그 길로 폴에게 그 반지를 선물하러 갔다. 연락 없이 찾아가 폴이 놀란 것 같았다.

나를 보자마자 폴이 물었다.

"시몬이……?"

폴은 말을 맺지 못했다. 나는 그가 무슨 말을 하고 싶은지 짐작했다.

"시몬은 괜찮아. 롤라와 통화했어. 아직 기분이 가라앉아 있긴 한데 괜찮아질 거래. 제시카한테 시몬 좀 찾아가 보라고 했는데 아직 망설이더라고. 제시카는 자기들 사이는 이미 끝났고 자기는 마음도 다 정리했는데 괜히 자기가 찾아가서 시몬한테 '희망고문'을 하고 싶지 않다더군. 넌 좀 어때?"

"나야 뭐, 퇴직 때까지 얼마나 남았나 세고 있지."

"선물이 있어."

"선물?"

폴이 놀랐다.

선물이 무엇인지 확인하고는 더 놀랐다.

"반지야?"

"응, 마녀반지야. 윗부분을 돌리면 작은 칸이 있어. 열어봐."

나는 폴이 반지를 열었으면 했다. 꿈속에서처럼 폴의 의식상태가 바뀔 수 있도록 말이다. 하지만 폴은 호기심은커녕 심드렁하게 반지를 열었다. 그것으로 끝이었다.

"재밌네! 근데 느닷없이 웬 반지야?"

"설명하자면 길어. 꿈에 이런 반지가 나왔어. 이 반지를 사서 너한테 줘야겠다는 생각이 들더라고."

"그랬어?"

폴은 토를 달지도 않았고 그렇다고 크게 놀라지도 않았다. 폴은 내가 가끔씩 이상한 행동을 하는 것을 잘 알고 있었고, 그렇다고 특별히 화를 내지도 않았다. 그것으로 끝이었다. 폴은 할 일이 있다고 했다. 나는 아무 말도 하지 않았다. 폴이 반지를 받았을 뿐만 아니라 열기까지 했다. 꿈같은 기적이 일어나리라.

하지만 기적은 일어나지 않았다! 적어도 며칠 사이에는 말이다. 나는 매일 폴에게 전화를 걸었는데 그때마다 폴은 기분이 가라앉아 있었다. 아니 오히려 그의 상태는 더 나빠져 바닥까지 갔으며 그가 할 수 있는 일이라고는 하나밖에 남지 않은 것 같았다. 시몬처럼 그 '다리'로 돌아가 우리 '녀석들'에게 작별을 고하고 이번에는 진짜로 뛰어내리는 것.

마지막으로 통화할 때 폴은 이런 말까지 했다.

"사실 생각해 보면 시몬이 옳았어. 우리는 시몬을 따라 하기에 의지가 부족할 뿐이고. 하늘에 계신 우리 '위대한 나치'께서 자신의 작품을 보고 기뻐하실 거야."

폴에게 당장이라도 달려가고 싶었지만 때마침 어머니가 전화를 하셔서 아버지가 위독하다고 알려주셨다. 더 중요한 일이었다. 한편으로는 폴이 말은 그렇게 해도 우리 '녀석들'을 버리지는 않을 것이라고 믿었다.

하지만 그 다음 다음 날 오전 10시쯤에 폴의 아내 소피가 울면서 전화를 했다.

"지금 당장 와보셔야 할 것 같아요."

"무슨 일인데요?"

"폴이요, 제 생각에는……."

"폴이 어떤데요?"

"어제 아침부터 정말 이상해요. 아침도 안 먹고, 평소에는 중독자처럼 커피 열 잔을 연거푸 마시더니…… 커피도 안 마시고 하루 종일 럼주도 입에 대지 않아요."

"그 말만 들으면 오히려 좋은 소식 같은데요. 아닌가요? 커피랑 술을 알아서 안 먹고 있잖아요."

그래도 고개가 갸우뚱했다. 갑작스럽게 변한 것이 이상하긴 했다.

"그럴지도 모르지요. 그런데 일어나려고도 하지 않아요. 침대에 앉아 시몬이 준 '레스 폴'만 붙들고 있어요. 확실히는 모르겠지만 '방갈로 빌'인가 하는 스페인식 기타 솔로 부분만 계속 연주해요. 미친 사람 같아요. 왜 그러는지 저한테 말도 안 해요. 제 생각으로는……."

소피는 목이 메여 말을 잇지 못했다. 잠시 후 다시 침착함을 되찾고 하기 힘든 말을 했다.

"제 생각에는 폴이 정말 정신이 나갔나봐요. 신경성우울증에 빠진 거예요."

소피는 다시 울음을 터뜨렸다.

"지금 바로 갈게요."

20분 후에 폴 집에 도착했다. 소피가 문을 열었다. 젊고 아름답고 금발이 눈부신 여자였지만 남편에게 닥친 불행으로 인해 얼굴이 어두웠다. 힘들어하는 소피를 보니 좀 더 일찍 무슨 수를 쓰지 못한 내가 원망스러웠다.

현관 입구에서부터 폴이 있는 안방에서 흘러나오는 음악소리가 들렸다. 소피에게 폴이 좀 나아졌냐고 물을 필요도 없었다. 똑같은 상태였다. 서둘러 폴에게 다가갔다. 폴은 지난번처럼 검은색과 흰색 줄무늬가 있는 파자마를 입고 있었다.

폴……. 우린 삼총사인데, 유년시절부터 함께한 우정인데……. 그가 전자기타를 손에 들고 침대에 앉아 있었다. 그 어렵다는 '방갈로 빌의 계속되는 이야기'의 플라멩코 기타 솔로를 능숙하게 연주하며 슬프고도 아름다운 노래를 부르기 시작했다. 나는 폴에게 무슨 일이 생긴 건지 바로 알 수 있었다. 눈물이 앞을 가렸다.

그런 내 모습을 본 소피는 겁에 질려 물었다.

"제 걱정이 맞나요? 네?"

소피가 전화로 간단히 설명해 주긴 했지만 나는 내가 본 예상치 못한 광경에 감정이 복받쳤다. 그분이 행하신 일의 깊이를 헤아리고 감탄하느라 할 말을 잊은 채로 대답도 하지 못하고 방을 나왔다.

23
일어날 일은
반드시 일어나는 법

　소피는 나를 쫓아 나와 이것저것 질문을 했다. 놀라서 거실 소파에 앉은 나는 폴에게 세상에서 가장 아름다운 일이 생긴 거라고 소피에게 설명했다.

　나는 폴에게 무슨 일이 생긴 건지 잘 알고 있었다. 문지방을 넘는 순간 바로 알아챘다. 빛나는 눈빛에 새로운 후광이 비친 얼굴로 폴, 폴 드 뒤베르네, 내 소중한 '녀석'은 정신이 이상한 사람처럼 웃고 있었다. 세상에서 가장 아름다운 미친 사람, 신에게 미친 사람이었다. 폴이 성자의 흐름에 들어간 것이다!

　소피에게 이렇게 말을 할 수는 없었다. 소피는 내가 쓴 인생을 사랑하는 일에 대한 기나긴 편지를 읽지 못했기 때문에 아마도 무슨 말인지 이해하지 못하고 더 걱정만 하게 될 것이 분명했다. 불교 신자가 아닌 사람에게 입류과라는 말이 무슨 의미가 있겠는가? 소피가 그렇게도 걱정했듯이 보호시설에 들어가야 한다는 말과 별로 다르게 들리지 않을 것이다. 맙소사!

난 이렇게 말하며 소피를 안심시켰다.

"소피, 걱정할 필요 없어요. 폴은 괜찮아요. 살면서 저렇게 멀쩡한 적도 없었을 거예요. 내가 보증할게요."

"그렇게 생각하세요?"

"그렇게 생각하는 게 아니라 확신해요!"

소피는 아직도 미심쩍은 듯이 보였다.

"그렇지만 폴이 다시 아이가 된 것 같아요!"

"네, 맞아요. 정말 놀라운 일이에요. 특별한 은총이라고 해도 될 거예요."

"하지만 전 아이가 아니라 성인 남자랑 살고 있다고요!"

맞는 말이었다.

"무슨 말인지 곧 알게 될 거예요."

내 휴대전화가 울렸다. 롤라였다. 시몬이 절망적으로 우울해한다고 했다. 퇴원을 하자마자 다시 자살기도를 할 것이고 이번에는 절대로 실패하지 않겠다고 말했다는 것이다.

나는 폴에게 달려갔다. 시몬이 네가 필요하다고, 너만이 시몬을 구할 수 있을 거라고 했다. 폴은 아무 말이 없었다. 그저 천사와 같은 미소만 지어보일 뿐이었다.

각자 자기 차를 타고 가서 병원에서 만나기로 했다.

병원에 도착하니 놀랄 일이 또 있었다. 적어도 내게는 놀라운 일이었다. 제시카가 마침내 시몬을 찾아온 것이다! 동정심 때문이었을까? 아니면 마음을 바꿔 다시 시몬에게 돌아오기로 결정한 것일까?

제시카와 롤라가 나누는 독특한 내용의 대화를 듣게 됐다. 시몬은 자고 있었다. 아니, 자는 척하고 있었던 것인지도 모르겠다.

롤라가 제시카에게 말했다.

"모두 내 잘못이에요! 시몬이 당신과 결혼하고 싶어 하지 않는다면 그건 아마 나 때문일 거예요. 오래 전 일이기는 하지만 시몬은 날 버렸다는 자책감에 시달리는 거예요. 매주 시몬에게 전화 걸던 것도 이젠 그만둬야겠어요. 당신과 시몬에게 기회를 줘야지요. 내가 시몬을 아직 사랑한다고 해서 시몬이 다른 여자와 행복해지는 것을 막는 건 옳지 않은 일이에요. 나도 이제 과거를 잊고 앞으로 나아갈 때가 됐어요. 시몬처럼 외모, 지성, 유머 그리고 무엇보다 재력까지 모든 것을 갖춘 멋진 남자는 흔하지 않아요. 하지만 난 한 번은 만나봤으니 그것으로 만족해요."

그때 시몬이 눈을 떴다. 그는 제시카와 롤라를 바라봤다. 그 둘의 대화를 들었을까? 잘 모르겠다. 난 시몬이 제시카를 먼저 바라봤다는 것만 안다. 제시카가 시몬에게 미소를 지었다. 마침내 나이 든 라이벌을 제거한 젊은 여성이 보이는 승리의 미소였다.

하지만 시몬은 웃지 않았다. 시몬은 고개를 돌려 첫 번째 부인 롤라를 바라봤다. 롤라는 슬픈 미소를 지었다. 승리의 기색은 전혀 없었다. 모든 것이 끝났다는 사실을 깨달은 듯 슬픈 미소였다. 그녀는 이제 자신의 평생의 사랑이자 믿음이고 살아가는 이유였던 시몬에게 과거의 여자일 뿐이었다.

시몬도 미소를 지었다. 시몬의 미소에도 슬픔이 깃들어 있었다. 시몬이 무슨 말을 하려는 것 같았는데 때마침 주차하느라 애를 먹던 폴과 소피가 병실로 들어왔다.

폴은 '레스 폴'과 앰프를 들고 왔다. 멋진 어릿광대, 아니 객석 분위기 메이커처럼(관객은 몇 명에 불과했지만 폴에게 아주 소중한 사람들이었다, 바로 '녀석들'이었으니까!) 아무런 예고도 없이, 시몬에게 안부를 묻거나 제시카와 롤라에게 인사도 하지 않고 '방갈로 빌'의 도입부 기타 솔로를 연주하기 시작했다. 폴의 생일에 시몬이 그렇게 연주해 보라고 부추겼던 바로 그 곡이었다.

폴은 기타 솔로를 완벽하게 연주하고 나서 노래를 불렀다. 정말 오랜만에 시몬이 미소를 지었다. 그가 롤라에게 보여준 향수 어린 슬픈 미소가 아니라 정말 즐겁고 행복해서 짓는 미소였다. 마치…….

하지만 폴은 여기서 멈추지 않았다. '방갈로 빌'이 끝나자 '헤이 주드'로 넘어갔다. 이 노래는 그저 끝없이 이어지는 후렴구로 가요계의 역사를 다시 쓴 비틀즈의 대표곡이 아니었다. 노래는 진정한 기도이자 간청이었다.

헤이 주드, 나쁜 일이라고 생각하지 마

슬픈 노래를 좋은 노래로 만들어 보자고

시몬에게 하는 애원이었다.

"시몬, 제발 부탁이야. 친구인 너를 위해 기타를 치고 노래하는 너의 친구이자 '녀석'인 나를 위해 네 인생의 슬픈 노래를 받아들이자. 너무나도 슬퍼 우리에게 아무런 예고도, 작별인사도 하지 않고 네 삶을 끝내려고 했겠지. 그래, 그 노래를 받아들이고 더 좋은 노래로 만들어 보자. 너를 위해, 우리를 위해, 여전히 널 사랑하는 롤라를 위해, 너와 함께하는 삶을 꿈꾸었던 제시카를 위해서 말이야."

"시몬, 웃어봐! 좀 웃어보라고! 제발 부탁이야!"

시몬은 해맑게 웃기 시작했을 뿐만 아니라 '헤이 주드'를 함께 부르며 손으로 장단을 맞추기 시작했다.

마치 어린아이 같았다!

마치 미친 사람 같았다!

시몬이 그토록 행복해 보인 적이 언제였는지 기억도 나지 않았다! 시몬이 자살충동을 이겨낸 것을 알 수 있었다. 시몬이 행복을 되찾은 것도 알 수 있었다! 시몬은 자신에 차 열의를 가지고 큰 소리로 노래를 불렀다. 롤라와 제시카도 노래를 부르기 시작했다.

옆방 환자들은 물론 간호사와 의사까지 정신없는 스케줄에도 불구하고 예상치 못한 마법 같은 분위기에 매료되어 자살을 기도했던 좌절한 초인이자 모든 것이 완전히 무너졌던 냉소적인 시몬의 병실로 찾아왔다. 아무도 계시를 받은 폴의 아름다운 광기에 저항하지 못하고 그와 함께 '헤이 주드'를 불렀다. 현대적 즐거움이 담긴 찬가 같았다.

다음날 폴이 전화를 걸어 내 인생에 가장 큰 기쁨이 된 이야기를 했다.

"내가 미쳤었지, 미쳤어! 난 긴 악몽에서 깨어난 기분이야! 내 인생에 담긴 아름다움을, 내게 주어진 행운을 보지 못했었어! 난 로빈슨 크루소 같아! 난 정말 감탄했어. 지금까지는 나 혼자 어느 섬에 버려졌고, 아무 것도 없이 혼자라는 생각이 들었는데 이제는 내 인생에 담긴 무한한 풍요로움이 보여. 내 주위로 넓게 펼쳐진 밭 여기저기에서 질 좋은 보리와 밀이 자라나는 게 보여. 예전에도 있었는데 내가 보지 못했던 거야. 나는 장님이었어. 나는 미쳤었어. '위대한 나치'가 모든 것을 망쳐놨다고 생각했었어. 앞을 보지 못했던 거야. 이제는 다 보여. 도처에서 신이 보여! 귀도 먹었었지만 이제는 다 들려. 은퇴하지 않을 거야. 은퇴를 하는 건 내 인생에서 가장 큰 실수일 거야! 이제 난 내게 주어진 기회가 보여. 나는 할 수 있는 한 오랜 시간 가르칠 거야. 필요하다면 휠체어를 타고서라도 가르칠 거야. 학교에서 나를 쫓아낼 때까지 가르칠 거야. 내 직업이 얼마나 고귀한 일인지 알겠어. 네 말처럼 내겐 영혼을 구제하는 임무가 있다고! 내 학생들의 운명을 바꿀 수 있어. 맞아, 난 말 한마디로, 미소로, 격려로 그들의 운명을 바꾸고, 삶을 변화시키고, 희망을 줄 수 있어! 나는 신이 내게 허락하신 시간 동안 그 아이들에게 너희들은 혼자가 아니고 부족한 것도 없다고, 훌륭한 철학자였던 로빈슨 크루소 같다고, 생각하는 것보다 훨씬 더 풍족하고 남들이 말하는 것보다 훨씬 재능이 많다고 이야기해 줄 거야! 삶이란 얼마나 아름답고 살아볼 가치가 있는 것인지, 얼마나 특별한지도 알려줄 거야. 그 아이들에게 원한다면 모든 것을 할 수 있다고 말해주고 보여주고 확신시켜 줄 거야. 아무리 불가능해 보이고 믿기 어려운 일이라도 진심으로 믿고 노력하며 그 과정을 즐긴다면 할 수 있다고 알려줄 거야! 아, 마크! 내게 무슨 일이 생긴 건지는 모르겠지만 난 더 이상 옛날의 내가 아니야. 난 완전히 변했어! 지난번에는 재밌는 꿈을 꿨어. 내가 어느 호텔에 갔는데 리셉션에 있는 사람이 "누구십니까?"라고 묻더라고. 난 자랑스럽게 "폴 드 뒤베르네입니다! 저는 작은 스승님의 이름으로 말씀드립니다" 하고 대답했지. 그는 "여기는 우주의 호텔입니다! 제가 당신의 머리를 감기지 않고서는 들어오실 수 없습니다!" 하고 말하는 거야. 그래서 난 "알겠습니다"라고 대답했지. 나는 그 사람에게 머리를 맡겼어. 그는 내 머리를 감기기 시작했지. 그랬더니 이상하게도 엄청난 에너지가 내 머리로 들어오는 것 같았어. 난 기절했지. 마크, 너도 이걸 알아야 하는데. 너도 알았으면 좋겠는데. 너도 경험해 보면 좋겠어!"

난 아무런 대답도 하지 않았다. 무척 감동을 받았다.

3주 후에 결혼식이 열렸다. 시몬이 제시카가 아닌…… 롤라와 다시 결혼을 했다. 그는 자신을 사랑하지 않은 적이 없는 첫 번째 부인과 다시 결혼했다! 처음 결혼할 때는 시청결혼식만 했었지만 이번에는 교회에서 결혼식을 올렸다. 참석한 모든 사람들이 감격하고 즐거워 눈물을 흘렸다! 그들은 참으로 보기 좋았다!

교회 반주자가 바흐의 '인간 소망의 기쁨 되시는 주'를 연주했다. 그 곡을 듣고 있노라니 신기하게 열여섯 살과 스물두 살에 경험했던 내 신비한 과거가 다시 생각났다.

수련이 끝나고 저 높이 올라가 무한과 영원의 소리를 들었던 믿을 수 없는 경험이 다시 떠올랐다. 그리고는 갑자기 후회가 됐다. 왜 수련을 끝냈는지, 왜 그만뒀는지 자문했다. 폴에게 일상의 굴레를 용감하게 벗어나라고 채근하듯이 나도 그래야만 하지 않을까? 비록 내 경우에는 행복한 일상이라고 할지라도 말이다.

1년, 아니 3년이나 7년 동안 안식년을 갖고 내 마법의 신발을 다시 신고 이 신발이 나를 어디로 이끄는지 바라보며 내 자신의 저 끝까지 가봐야 하지 않을까?

2011년 3월 11일 오전 9시 20분. 내가 도착하기 10분 전에 내 절친한 친구 같았던 호스티아가 세상을 떠났다. 말도 안 돼……. 난 영혼은 불멸하다고 믿지만……. 잘생긴 아버지는 이제 다시 청년으로 돌아가 결혼식 사진처럼 미소 지으며 내가 그토록 좋아했던 긍정적인 성격으로 영원히 살게 되리란 것을 알지만……. 아버지는 내게 전화번호도 남기지 않았다. 다음주 토요일 8시 12분에 어디로 떠날 건지 목요일에 연락을 해드리기로 했는데 이제 어디로 연락해야 할지 모르겠다…….

지나고 나면 아무것도 아닌 일들

초판 1쇄 발행 2013년 1월 25일
초판 2쇄 발행 2013년 2월 20일

지은이 마크 피셔
옮긴이 서희정

펴낸이 김영범
펴낸곳 토트 · (주)북새통

편집주간 김난희
마케팅 김병국, 추미선
관리 최보현, 남재희

디자인 su:

주소 서울시 마포구 서교동 465-4 광림빌딩 2층
대표전화 02-338-0117
팩스 02-338-7161
출판등록 2009년 3월 19일 제 315-2009-000018호
이메일 thothbook@naver.com

ISBN 978-89-94702-22-3 03860